TAKO×ASHI×NOTE

蛸足ノート

穂村弘

中央公論新社

HIROSHI×HOMURA

目次◎蛸足ノート

蛸足ノート

烏賊では気合が入らない

「連載を始めるにあたって『穂村弘の○○』という形のタイトルをつけてください」というメールが担当の記者さんから届いた。

よし、と思う。私の母は雪の日に生まれたからユキ子と名づけられた。友人のえりかさんは生まれて初めて見た花の名前を貰《もら》ったそうだ。なんて美しいんだろう。雪が降るたびに、エリカの花を目にするたびに、彼女たちは自分が祝福されてこの世に生まれてきたことを思い出せるのだ。頭の中であれこれ考えるよりも、名づけにおいてはそういう偶然の祝福こそが大切なんじゃないか。

先のメールには「どんなテーマでも自由に書けるようなものがいいですね」というアドバイスも記されていた。それなら「全部のせ」はどうだろう。と思ったのは、たまたまその時、東京・新宿のつけ麺屋の行列に並んでいたからだ。そして、私はトッピングには大抵それを頼む。だから「穂村弘の全部のせ」。うーん、なんか美しくない。豪華なような、逆に貧しいような、微妙な感じだ。

ユキ子やえりかと同じように、一期一会の偶然性を大事にしたつもりなのに、祝福感がないのは何故《なぜ》だろう。ちなみに「全部のせ」を食べるほどお腹《なか》が空《す》いてない時は、メンマだけ増量する。「穂村弘のメンマ増量」……。メンマが苦手な読者には敬遠されそうだ。無理につけ麺に結びつけなくてもいいのかもしれない。

私は偶然の祝福への思いを絶ち、頭の中であれこれ考え始めた。そして、「蛸足《たこあし》ノート」というタイトルを思いついた。どうだろう。蛸の足みたいにあちこちに心と筆を伸ばして書いてゆきたい。そんな気持ちが込められている。本数的には烏賊《いか》の足の方が多いんだけど、「烏賊足ノート」ではなんだか気合が入らない。

海が似合わない

数人で海に行く機会があると、その中の誰かに必ず云《い》われる言葉がある。

「海が似合いませんね」

ええ、まあ、と曖昧に微笑《ほほえ》みながら、内心は傷ついている。ああ、また云われちゃったよ。

わかっている。云った人に悪気はないのだ。ただ、海辺に立っている私の姿を見て、心の声が素直に口から零《こぼ》れてしまっただけだ。でも、だからこそ辛い。反論の余地がない。

「海、あんまり来ないから」とかなんとかむにゃむにゃ云って、その場をやり過ごそうとする。海に来る来ないと似合う似合わないは別問題だということは百も承知だ。

それなのに、なおも追い打ちをかけてくる人がいる。こちらをまじまじと見て感心したように云った。

「ほんとだ。みんなで遊びに来てるのに、穂村さんだけ水質調査か何かに来てる人みたいですね」

そこまで云われると、がっくりくる。水質調査、そうですか。よくわからないけど、云いたいことはだいたいわかります。

私にはアウトドアのイメージがない。太陽の下で心を解放するムードがない。町にいる時とおんなじ黒ジャケットを着ている。

その結果として、海に来ても、仕事のためにそこにいるように見えるのだろう。どうしたら海が似合うようになれるのか。いや、似合うとまでいかなくてもいい。せめて、海の風景から浮き上がることなく自然に溶け込みたい。水質調査の係員に見られたくない。

性格や行動から生まれるイメージやムードは変えようがないから、手をつけるとすれば外見からだろうか。

第一段階、黒ジャケットを脱ぐ。第二段階、半ズボンを穿《は》く。第三段階、サングラスをかける（でも、今かけてる黒縁眼鏡はどうしよう）。最終段階、笑顔を作る。ぎぎぎぎぎ。

結婚と死語辞典

私と妻の共通の友人である女性が、年下の男性と結婚した。彼を紹介してくれるというので、4人で晩ごはんを食べることになった。
初対面の彼はとても感じのいい青年だった。友人も幸せそうだ。「お互いになんて呼び合ってるの？」とか「新婚旅行はどうするの？」とか、あれこれ尋ねてみる。何を訊《き》いても微妙にのろけっぽくなるのが微笑ましい。
笑い声の絶えない夜が更けて、ふと彼女がこんなことを云い出した。
友「この人、ひどいんだよ。私とつきあうようになってから、死語辞典を買ったの」
一瞬、「？」と思ってから気づく。
私「それって、つまり年齢差があって……」
友「そうなの。私の使う言葉が時々わからないんだって」
私「へえ。例えば、どんな言葉？」
彼「ミーハーとか……」

私と妻「えっ！　ミーハーって云わないの？」
彼「聞いたことはあるんですけど、正確な意味がわからなくて、ミーちゃんハーちゃんって云われると、誰だろう？　と」
妻「他には？」
彼「左団扇《うちわ》とか、枕銭とか、雨ガッパとか、とっくりのセーターとか……」
私と妻「うーん」
友「『殿中でござる』も知らなかったんだよ」
妻「いや、それは死語ともまた違うんじゃない？　一種の決まり文句というか」
友「でも、私たちの世代はみんな知ってるよね？」
私「この頃は年末に忠臣蔵やってないのかなあ」
どんどん話が混乱してゆく我々を前にして、青年は穏やかに微笑んだ。
彼「国際結婚したカップルが相手の母国語の辞典を買うようなものですよね」
そうか！　いや……、そうかなあ。

名探偵登場

外国に行くと、意外なところでびっくりする。名所旧跡や食べ物などのことではない。それらはガイドブックにも載っているから、予《あらかじ》め心の準備ができている。もっと小さな、ちょっとしたことに驚かされるのだ。

例えば、スプーン。万国共通の食器である。でも、チキンライスの骨付きチキンを食べようとしたら、いきなり折れた。真っ二つに。驚いてよく見ると、確かにペラペラの金属だ。それにしても、スプーンがチキンに負けるとは。妙な感動を覚えてしまった。

というのは、先日、友人たちとベトナムに行った時の出来事である。もう一つ驚いたのは交通状況の凄《すご》さ。至る所でクラクションが鳴り響いていて、これではクラクションの意味がなくならないか、と心配になる。それから、わらわらと無数に湧いてくる原付きバイクたち。ほとんどが二人乗りである。圧倒されて立ち尽くしていると、友人の一人がバイクを見て云った。

「あの二人は友だち同士で、こっちは恋人たちだね」

私は驚いて尋ねた。

「どうしてわかるの？」

「後ろに乗ってる女の子の座り方が違うから。あっちは跨《また》がってて、こっちは横座りしてる」

云われて見ると、確かに女の子同士の二人乗りでは跨がっている。一方、前が若い男性の時は後ろの女性は横座りだ。

「凄い。ちょっと見ただけでよく気づいたね」

「『刑事コロンボ』と『名探偵ポワロ』と『メグレ警視』と『シャーロック』、観《み》てるからね」

彼はミステリーマニアなのだ。

「ほら、若い恋人たちはみんな横座りだけど、中年の夫婦になると、また奥さんが跨がってるよ」

流石《さすが》だ。スプーンのやばさも、握っただけでわかったらしい。

人生と応援

先日、駅に向かって歩きながら十字路に差し掛かった時のこと。どこからか女性の大きな声が聞こえてきた。

「曲がれる？　曲がれる？」

と、目の前を自転車に乗った女の子が、すーっと横切って行った。「曲がれなーい」と叫びながら。

その後ろから「じゃ、真っ直《す》ぐ行って！」と云いながら女の人が走ってゆく。

「気をつけて！　慌てるとふらふらするよ！」

ああ、そうか、と気づく。女の子とお母さんが自転車の練習をしてるんだ。やっと一人で乗れるようになったばかりで、真っ直ぐは進めても、曲がれないらしい。可愛《かわい》いなあ。

「がんばれ！　がんばれ！」

追いついたお母さんは、自転車と併走しながら声をかけ続けている。その様子を見ているうちに羨《うらや》ましくなってくる。こんなに近くで、こんなに思いっきり応援されるなんて、子どもはいいなあ。

でも、と思う。そんなのは今のうちだけだよ。せいぜい自転車の練習とか夏休みの宿題くらいまで。高校の受験となると、もうお母さんも夜食を作るくらいの応援しかできないだろう。

あとバレンタインデー。誰にもチョコレートを貰えなくて、家に帰ったら机の上に「母より」のチョコが置いてあった時、心底絶望した。むしろスルーしてほしかった。応援の逆効果だ。

そして、大人になったらもう誰も応援してくれない。会社では、一度もやったことがなくて、できそうもないことをばんばん頼まれた。部長から「ネパールにお詫《わ》びの手紙書いておいて」とか、常務から「千羽鶴よろしく」とか、云われるたびに脳内が純白になった。ネパールにお詫びの手紙？　千羽鶴をどうよろしく？　すべてがわからない。でも、誰も助けてくれない。

「がんばれ！　がんばれ！」

自転車の女の子は顔を真っ赤にしてペダルを漕《こ》いでいる。がんばれ。

客引きのネクタイ

夜中に地元の繁華街を歩いていた時のこと。道端で男が男の首を絞めていた。ぎょっとしてよく見ると、年上の男が若い男のネクタイを締めてあげているのだった。結び目をきちんと整えて、ネクタイピンを正しい位置に直して、よし、と頷《うなず》く。「ありがとうございます」と頭を下げた若い男は、インカムマイクを着けた客引きだった。

へえ、と思う。客引きの先輩が後輩に身だしなみの整え方を教えていたってことか。なんとなく、少し感動した。今までの人生で客引きのネクタイを気にしたことなんか一度もなかった。ぐちゃぐちゃだろうが、締めてなかろうが、私には関係ないから気づかない。まして、ネクタイピンの位置なんて。

お酒の飲めない私にとって、客引きとはイコール障害物に過ぎない。でも、彼らには彼らの世界があってルールがあるんだ、と初めて気づいたのだ。自分とは関わりのない場所で懸命に生きている人間がいる、という当たり前の事実に、私は心を動かされていた。

こんな短歌を思い出す。

隣人のスマホにのぞく「山崎パン向けマヨネーズの件なのですが、」　涌田悠

作中の〈私〉は電車か何かの中で、偶然、隣の人のスマートフォンを覗《のぞ》いてしまったのだろう。そこには「山崎パン向けマヨネーズの件なのですが、」というメールの言葉があった。そんなものの存在を意識したことは、今までに一度もなかったのだ。

社会には無数の細部があって、普段はほとんど意識することもなく暮らしている。でも、それぞれの場所で体を張って生きている無数の誰かがいるのだ。引用した短歌には、その中の一人を偶然見出した瞬間が描かれている。メールの最後の「、」もいい。生きるための言葉はまだ続くのだ。

宇宙人

昨夜のこと。スマートフォンを耳に当てて、妻が謝っていた。

「ごめんごめん。うん、冗談でそう云ったら、Mちゃんが信じちゃったんだよ」

不思議に思って、電話を終えた彼女に尋ねてみた。

「誰に謝ってたの？」

「E子」

E子さんは妻の友達だ。そして、Mちゃんは彼女の小学生の娘さんである。

「どうして？」

「『あなたMに、自分は宇宙人だって云ったでしょう』って叱《しか》られたの」

「え！　そんなこと云ったの？」

「うん。こないだMちゃんと一緒に折り紙をした時、『どうして、そんなに上手に折れるの？』って聞かれたから」

「宇宙人だからって答えたの？」

「うん」

びっくりした。もちろん正解は、宇宙人だからではなくて大人だからである。

「Mちゃん、信じちゃったの？」

「うん。だから『二人だけの秘密だよ。誰にも教えちゃ駄目だよ』って云ったの」

「ええ！」

「そうしたら、一週間くらい黙ってたんだけど、昨日とうとうE子に打ち明けたんだって」

「ママの友達が宇宙人だって？」

「うん。凄く真剣な顔だったたって」

「きっと、ずっと悩んでたんだよ。誰にも云わないって約束しちゃったから」

「我慢できなくて、ママに打ち明けたんだね」

「可哀想《かわいそう》に」

「だから、謝ったよ」

「Mちゃんにも謝りなよ」

「うん。きちんと云うよ。私は宇宙人じゃないって」

なんだそれ。それにしても、Mちゃん可愛いなあ。ちゃんと約束を守ろうとして。でも、やらないだろう、宇宙人は折り紙。

ごらん、窓の外を

朝の電車に乗ることがあるとびっくりする。普段は部屋にこもってばかりだから、東京の通勤ラッシュの凄《すさ》まじさをすっかり忘れているのだ。会社に通っていた頃は、毎日往復3時間半もこの圧力に耐え続けていたのに。

その他にも忘れていたことがある。例えば、お客さんへの対応の難しさ。先日、公共の施設で働いている人々と話す機会があって、久しぶりにそちらも思い出した。

「『蟬《せみ》の声がうるさいからなんとかしてください』って云われました」と教えてくれたのは図書館の司書をしている女性だ。うーん、と思う。予想外の難題である。エアコンがうるさいとかなら対処できるけど、蟬の音量を下げるってできないもんなあ。

「どう対応したんですか」と尋ねたら、「『申し訳ありませんが管轄が違うので……』と答えたら案外あっさり納得してくれました」とのことだった。よかった。それにしても、蟬の鳴き声の管轄ってどこなんだろう。

そういえば、以前、地方在住の知り合いから、都会から遊びに来た人に「川のせせらぎがうるさくて眠れない」と云われた、という話を聞いたことがある。現代人の感受性の質そのものが変化しているのかもしれない。

「管轄が違うっていうのはありますよね。僕もこの前そう対応しました」と云ったのは役所勤めの男性だ。「どんな案件だったんですか」と尋ねたら、「『隣の家のおじさんが目から赤いビームを出して私の掃除機を壊したから取り締まって欲しい』という希望だったんです」とのこと。

その場の全員が「ほう」と声を漏らした。現実って凄いな、という気持ちである。こちらの想像を超えた出来事に充《み》ちている。私は漫画家の岡崎京子の言葉を思い出した。「ごらん、窓の外を。全てのことが起こりうるのを。」。自分も部屋にこもりっぱなしではいけない。

噛み合わなかった話

今から40年近く前の話である。その年、北海道の大学に入学した私は、赤いバンダナを帯状にして、いつも頭に巻きつけていた。お洒落《しゃれ》というかトレードマークのつもりだった。そんなにわかりやすいトレードマークというのも恥ずかしいのだが、それ以前に、アイドルのマッチこと近藤真彦が同じことをしていた。明らかに真似《まね》だ。そのことをどう考えていたのか。今となっては自分でもわからない。いずれにしても、謎の思考回路によって恰好《かっこう》いいと思い込んでいたのだろう。

そんな或《あ》る日、散歩をしていたら、近所のおじいさんに話しかけられた。

「君はアカか?」

私は「?」となった。「アカ」というのが共産主義の隠語であることはぼんやりわかったが、何故そう訊かれるのかがわからない。誰かと間違えられているのだろうか。おじいさんの真剣な表情にびびりながら、私は曖昧な返事をした。

「え、いえ……」

「じゃ、それは何だ」

おじいさんが私の頭を指さした。そこには赤いバンダナが巻かれている。

「これは、あのバンダナ……」

「バンダ？」

「近藤真彦も……」

「近藤？　誰だ？」

「マッチです」

「……」

「……」

「アカじゃないのか？」

今、思い出しても目眩《めまい》がする。あの会話、もの凄い嚙《か》み合わなさだった。おじいさんの中では「赤い鉢巻＝アカ」、私の中では「赤いバンダナ＝お洒落」。両者が新幹線同士のようにゴーッと音を立ててすれ違ったのだ。

びびったあまり、自分では真似ではないと思っていたくせに、マッチの名前を持ち出したのもダサかった。でも、あそこできっぱり「僕のトレードマークです」とは云えないよなあ。

最強の思い出

　その人が何度も繰り返す話というものがある。「あ、これ、前も聞いたな」と思うけど、本人はまったく気づいていない。まるで初めて話すかのように生き生きと語り始める。その出来事がよほど強く心に焼きついているのだろう。

「前にも聞いたよ」と云える相手と云えない相手がいる。そして、云えるタイミングと云えないタイミングがある。初めて聞くような顔で、うんうんと頷きながら、心の中で考える。「この話、もう5回めくらいかなあ。僕だけじゃなくて他の人にも絶対してるだろうから、通算で300回くらい喋《しゃべ》ってるんじゃないか。そういえば、前に聞いた時より、なんだか話しっぷりがうまくなってる。きっと何度も繰り返すうちに上達したんだな」

　本人にとっての「最高の思い出」は別にあるんだろうけど、無意識のうちに何度も繰り返す話って、或る意味ではそれ以上に重要な「最強の思い出」みたいなものじゃないか。

　私の妻にも繰り返す話がある。もう何度聞かされたことだろう。何かの拍子に、こんな風に始まるのだ。

「アレには驚いたなあ。普通はアレをあんなところに入れないでしょう。冷蔵庫からアレが出てきた時は本当にびびった。将来が不安になったよ」

アレとは人間ドック用の検便のことである。「採取後は冷暗所に保存してください」と書いてあった。だから、私は冷蔵庫に入れたのだ。冷暗所って冷蔵庫のことだと思ったんだけど、違うのだろうか。ちゃんと密閉容器にも入ってて清潔だと思ったんだけど、いけなかっただろうか。

私がアレを冷蔵庫に入れたのは一度きりだ。でも、当時、結婚したばかりだった妻に、とても大きなショックを与えてしまったようだ。あれから十数年経った今も、何度も何度も繰り返し、その時の恐怖が語られるのである。

ぎりぎりの記憶

近所を散歩している時、一軒の家の門に古びた牛乳箱を発見した。思わず立ち止まって見つめてしまう。懐かしいなあ。昔は多くの家にこれがあった。牛乳を配達して貰うという習慣がなくなったのはいつ頃からだろう。世代によって、みんなが瓶の牛乳を飲んでいた世界を知っている人と知らない人がいるはずだ。知らない人は蓋《ふた》開け器（○の中に針状の部分があって、それをプスッと蓋に突き刺して開ける）を見ても、何のための道具か分からないだろう。

昭和30年代生まれの私がぎりぎり覚えているものは他に、学校で禁止された2B弾とか軽トラよりも可愛いオート三輪とか驚くほど巨大な荷物を運んでいた行商のおばさんとか。それから、大きな駅の構内には首から看板を下げた少女がいた。看板には「私の詩集を買って下さい」と記されている。人々が足早に行き交う雑踏の中に小さな島のように立ち尽くす姿には不思議な緊迫感があった。小説や漫画ではなくて詩集ってところが何故か切ない。彼女ともう一度出会ってみたい、と思うけど無理だろうな。だって、今はインターネットというものがある。文学フリマだってある。駅に一人で立って手売りをする理由がない。

と、記憶を頼りにここまで書いたところで、本当に正しいかどうか確かめたくなってきた。牛乳の蓋開け器って、◯の中に針で合ってるよな。「私の詩集を買って下さい」の少女は大きな駅に立ってたよな。インターネットで調べるのは簡単だけど、なんとなく不安だ。もし全くヒットしなかったらどうしよう。

以前そういうことがあったのだ。ところてんを箸一本で食べるという子ども時代の実家の風習を調べようと思い立った時、検索しても何も出てこなかった。私は動揺した。近所のおじさんやおばさんたちも、確かに箸一本で食べていたはずなのに……。この世界がパラレルワールドの日本のように思えてきた。

「アタリ」が出た

夏になると、コンビニエンスストアに行くたびにアイスを買ってしまう。先日、ミルク味のアイスキャンデーを見かけて懐かしくなった。子どもの頃、これ、好きだったなあ。うきうきしながらカゴに入れた。

家に着くなり、さっそく食べ始める。途中まで進んだところで、はっとした。なんとアイスの棒に「アタリ」の文字が……。そうか、これ、クジつきだった。アイスで「アタリ」が出るなんて何十年ぶりだろう。普段にはない喜びがこみ上げてきた。よし、もう一本、貰えるぞ。

ところが、である。それから一ヶ月近く経つのに、「アタリ」の棒は家に置かれたままだ。コンビニにはあれから何度も行っている。それなのに、いつも棒を連れて行くのを忘れてしまうのだ。

「アタリ」が出た時、あんなに嬉しかったのに。一瞬、子どもに戻ったような気持ちになったのに。やっぱり僕は大人になっちゃったんだなあ、とがっかりする。

だって、本物の子どもだった頃は、「アタリ」が出たらその日のうちにお店でもう一本貰っていた。ところが、今はどうだ。いつでも替えられると思うせいで、ずるずると先延ばしになっている。一本のアイスに対する集中力が、思いの純度が、下がっているのだ。

たかがアイス一本のことで大袈裟《おおげさ》だろうか。いや、ことは単なるアイス問題に留《とど》まらないと思うのだ。子ども時代は一日がとんでもなく長く、その味も濃かった。大人になった今もあんな感覚で日々を過ごしたい、と思うことがしばしばある。でも、今回の件で、それは無理だと思い知った。当時と今とでは、なんというか、世界と自分の命との距離感が違う。子どもの頃は世界という舞台の真ん中で生きていた。それに較《くら》べると、今は目の前の世界がなんだか遠い。観客席に座ってるみたいだ。

アイスの「アタリ」に対する反応の差は、つまりはその違いなんじゃないか。

おじさんの大きなくしゃみ

自販機で買ったお茶を飲もうとして、ん？　と思う。ペットボトルの蓋が固いのだ。前は6割くらいの力で捻《ひね》ればOKだったのに、かなり本気で回さないと開けられない。変だなあ、とぼんやり考えていたら、怖いことに思い当たった。蓋が固くなったんじゃない。私の握力が昔より弱くなったのだ。このままでいくと、遠くない将来、自力で開けられなくなってしまうかもしれない。

この話をしたら、友人が教えてくれた。「うちの娘は小学校1年生だけど、開けられるか開けられないか微妙だよ」。ということは、今の私の握力は小学校5年生くらいだろうか。

年をとると、予想もしなかった事態に出会う。誰でも少しずつ体力が衰えることは頭では理解している。でも、それが実際に自分の身に起こるイメージが湧かないのだ。

そういえば、若い頃、不思議に思っていたことがある。どうしておじさんのくしゃみは、あんなに大きいんだろう。まるでわざとやってるみたいじゃないか。

ところが、それから40年が経って、ふと気がつくと、自分のくしゃみがそうなっている。わざとやってるわけじゃない。自然になっちゃうんだよ。でも、その理由は私自身にもわからない。

そんな或る日、選者をしている新聞にこんな短歌が投稿されてきた。

年老いて命の濃度薄まったおじさんやたらくしゃみがでかい　園部淳

そうか！　と納得した。「命の濃度」が薄まったから、くしゃみが大きくなったのか。若い時は体の隅々まで生命力が充ち充ちていた。くしゃみが反響する余地がなかった。命の塊だったのだ。

でも、今は違う。「命の濃度」が薄まってすかすか。だから、がらんどうの体の中に、くしゃみだけがやけに大きく響くんだ。

電車の中で書く理由

10枚の原稿を書くとする。そのために必要となるエネルギーは、最初の1枚と残りの9枚がだいたい同じくらいだと思う。いや、個人的な感覚としては、むしろ最初の1枚の方が大変かもしれない。

もちろん物理的には1枚と9枚が同じはずはない。でも、最初の1枚はただの1枚ではない。全体の書き出しなのだ。そこには続きの9枚を上回る心理的なハードルの高さがある。これが手強《てごわ》いのだ。

そんな特別な1枚を書き出すために、わざわざノートパソコンを抱えて喫茶店に行くことがある。それどころか、山手線に乗ることさえも。これらはいずれもハードルを下げるための工夫なのだ。

騒がしい喫茶店だから、窮屈な電車の座席だから、書けなくても仕方ない。この気持ちが重要だ。どうせ無理だろうけど、できなくて当然だけど、一応試すだけ試してみるか、という意識が心の中のハードルを下げてくれる。

これが自分の机では駄目だ。騒がしくも、窮屈でもない。書けないことの云い訳がみつからず、ハードルは下がらない。ここで書けなきゃ後がない、と焦ってしまう。物理的に快適で整った環境の下では書けない、という逆転現象の原因はこれなのだ。

30首の短歌を作ろうとする場合はどうか。志を高くもっていい歌を作ろうとするのは最悪だ。緊張して言葉が固まってしまう。逆に、どんなに駄目なものでも、とにかく五七五七七の形にさえなっていればいい、と考える。心のハードルを下げるのだ。

すると、望み通りのひどい歌ができてくる。情けないと思いながら、そのまま作業を続けてゆく。やがて、少しはましなものが混ざるようになる。全体で50首くらいになった辺りで、テンションが落ちてくる。そこで作業をやめて、最初のへぼへぼな10首と最後のぐだぐだな10首を捨てて30首にする。最初の10首は捨てるために作るのだ。

辞書にない文字

どうしても覚えられない言葉ってものがある。多くの人がそうだと思うけど、私も固有名詞がとくに苦手で、ケイト・ブッシュとか豊川悦司といった人名が不意に思い出せなくなる。何度も繰り返し唱えて覚えようとしているのに、何故かいつも同じ名前が出てこなくなるのだ。

それにしても、クラウス・ハインツ・フォン・デム・エーベルバッハなんて長い名前がすらすら云えて決して忘れないのに、ケイト・ブッシュが覚えられないのは変だ、と思う。その理由が知りたい。いったいどういうメカニズムなんだろう。

以前、こんな短歌を読んだことがある。

あれをまた作ってくれと言う父の辞書にない文字スイートポテト　　姉野もね

作中のお父さんは「スイートポテト」が大好き。でも、その名前を覚えられない。だから、「あれをまた作ってくれ」とお願いするしかないのだ。好物なのに覚えられないってところが、不思議でちょっと可愛い。カタカナが苦手な世代なのかなあ。

　そういえば、「コンビニ」のことを「コンビニール」というお爺《じい》さんに会ったことがある。めちゃくちゃ惜しいじゃん、と思った。「コンビニ」までで止めればいいだけなのに、何故か尻尾に「ール」がついてしまうのだ。ちゃんと云えてるのにどうして、という気持ちになる。でも、本人的には「ール」が必要な気がするというか、最初にそんな風に覚えてしまったのだろう。

　私の妻は「無垢《むく》」というチーズの商品名が覚えられないようだ。でも、先ほどの短歌の中のお父さんのように「あれ」とは呼ばない。自信を持って「素直」とか「素朴」とか「純」などと云う。その名前が毎回異なっていて、しかも微妙に間違っているところが面白い。どうして正解の「無垢」だけわざわざ外すんだろう。類語辞典のようだ。

顔見知りの犬

近所を歩いていると、飼い主と一緒に散歩中の動物たちとすれ違う。大体は犬だけど猫もいる。猫って部屋の中で飼うか自由に外に出してやるか、どちらかだと思っていたから、紐《ひも》をつけられて散歩している姿が不思議に感じられる。どんな顔をしているのか、覗いて見たくなる。本人的には嬉しいのか、それとも情けないのだろうか。でも、無表情でよくわからない。

そんな顔見知りの動物たちの中に、一匹の老犬がいる。何故、老犬だとわかるかと云うと、歩くのがとても遅いからだ。犬種は不明ながらかなりの大型犬である。背中を丸めてゆっくりゆっくり歩いている。高齢の男性が連れていたり、中年の女性と一緒だったり、時には、中学生くらいの女の子がリードを持っていることもある。どうやら家族が交代で散歩させているらしい。

さっき、近所のコンビニからの帰り道で、向こうからその犬がやって来た。いつものようにゆっくりゆっくり歩いている。こんなに年を取ってもやはり散歩が好きなんだろうか。

それとも、もしかしてリハビリ的な運動なのか。そんなことを考えていたら、のろのろ歩いていた犬が、とうとう立ち止まってしまった。すれ違う瞬間、連れていた少女の言葉が耳に入った。

「大丈夫？　歩ける？」

でも、どうやら動く気配がないようだ。彼らの横を通り過ぎてから、なんだか気になって振り向いてしまった。

すると、その犬は女の子に抱っこされていた。おおっ、と驚く。なにしろ、けっこうな大きさの犬である。大丈夫なのか。でも、手伝いましょうって云うのも、変すぎる。

私の心配をよそに、少女は力強い足取りで歩いている。犬はおとなしく抱っこされたまま、景色を眺めている。そんな彼らの姿を、いつまでも見送りたいような気持ちになった。

５００円玉貯金

お金を殖《ふ》やしたい。でもどうしたらいいかわからない。投資というものをやったことがない。というか、言葉の意味もよく理解できていない。なんとなく怖いイメージだけがある。株式会社の総務部に勤務していたのに、株式とはどういうことか、株とはなんなのか、最後までわからないままだった。株とか不動産とか投資とか、大人の世界の遠い話なんだろう、と思っているうちに55歳になっていた。

お金は殖やしたい、でも、自分がお金を殖やそうとしたらきっと損をするだろう、というマイナスの自信だけがある。そんな私が実行しているのは５００円玉貯金である。財布の中に５００円玉を見つけるたびにビタミン剤の空き瓶に入れてゆく。お金は殖えないけど物理的に貯《た》まってゆく。これなら私にも理解できる。お店のレジでお金を払う時、５００円玉が返ってくるように計算するのも楽しい。

始めたのは何年も前である。１本、２本、３本と瓶が列《なら》んでゆくのが嬉しい。もう６本になった。５００円玉が詰まった瓶は小さいけど重みがある。その頼もしい姿を見て、幾ら貯まっただろう、とうっとりする。

ただ、一つだけ問題がある。それは「数えてみたい」という欲望との戦いである。幾らあるか、1瓶だけ開けて数えてみようか。いや、駄目だ。全部同じ瓶なんだから、一つ数えたら6倍して簡単に全体の金額がわかってしまう。その瞬間、頼もしい瓶たちがただの数字に置き換わる。そうしたら、今のわくわく感は消えてしまうだろう。

そうか、と気づく。自分にとって、500円玉貯金とは単なる貯金以上の何かなのだ。例えば、心の守り神のような。だから、秘仏や御守りと同様に中身を開けてしまったら、そのパワーが消えてしまう。ならば、決して開けまい。私の死後、代わりに数えてくれた誰かが「3億もありますよ」と驚くのが楽しみだ。

自己紹介のセンス

新学期にクラスが変わるたびに、一人ずつ自己紹介というものをやらされた。そんな時、自分の苗字《みょうじ》が相田や青山じゃなくてよかった、と心から思ったものだ。五十音の早い方から順番が回ってくるからだ。

でも、真っ先に当てられた相田さんは堂々と喋っている。私は12月生まれです。誕生石がトルコ石なのが嫌です。サファイアがよかったです。うーん、と思う。そんな自己紹介ってありなのか。でも、確かにキャラクターは伝わってきた。

次の青山さんは名前について。泉という名前はお父さんの好きな絵の題名からつけられました。そして青山泉は左右対称です。センスのいい自己紹介だ。

自分の番が近づくにつれて緊張が高まってくる。どうしよう。結局、私が話したのは好きな食べ物と嫌いな食べ物についてだった。あんパンとザーサイ。

大人になっても自己紹介は苦手なままだ。特技や長所を述べるよりは弱点を告げた方が親しみやすいような気がして、そうなりがち。方向音痴です、って何度云ったり書いたりしたことだろう。

数年前のこと。或る男性歌人の自己紹介文を読んでいたら「アルコールは大嫌い」という一行が目に入った。へえ、と思う。「下戸」とか「アルコールは苦手」とかならわかる。でも、「アルコールは大嫌い」ってずいぶん強い表現だ。そのコメントを酒好きの人も目にするだろうに。敢《あ》えて書くほど嫌いなんだなあ、と思って印象に残った。

先日、たまたま短歌の集まりで、その男性と同席する機会があった。二次会の始まりに当たって、彼は乾杯の音頭をとっていた。その手に掲げられていたのは、ミルクティーのカップである。おおっ、と思う。自己紹介の言葉は嘘じゃなかった。というか、そこまで本気だったんだ。初めて見たティーカップの乾杯は恰好良かった。

優しさ以上

1990年に初めての歌集『シンジケート』を自費出版した時、折角だから憧れの人々に読んで欲しいと考えた。いきなり短歌の本なんて送られても相手は迷惑に決まっている。わかっている。でも、どうか許して欲しい。私は今までの人生で一度もラブレターを書いたことがない。これからも決して書かないことを誓います。だから、その代わりに、この本を贈らせてください。今考えると滅茶苦茶《めちゃくちゃ》な論理である。貯金を全部はたいて本を出したばかりで、頭がぐつぐつ煮えていたのだ。

結局、400冊ほどを謹呈したのだが、その中に一人だけ女優さんがいた。室井滋さんである。当時の私は「やっぱり猫が好き」というテレビ番組のファンで、出演者の一人だった彼女に惹かれていた。アドリブの切れ味が素晴らしくて、次の瞬間に何をするかまったく予測できない。そんなところが魅力だった。無名の著者から送られた本に対して、室井さんは丁寧なお礼の葉書《はがき》をくださった。そこには小学校時代に作ったという自作の俳句が引用されていた。嬉しかった。

それから四半世紀が過ぎた或る日のこと。雑誌の企画で室井さんと対談をさせていただくことになった。初めましての挨拶の後、私は昔からのファンであることを告げて、25年前の葉書のお礼を云った。対談は庭園に面した縁側で行われた。そのせいで蚊がひっきりなしに寄ってくる。虫よけも置いてあるのだが、効果には限りがあるようだ。その時、不思議な音がした。

「フーフー、フーフー、フーフー」。見ると、室井さんが私に迫る蚊を吹いてくれているではないか。感激を通り越して動揺した。蚊を手で払うならまだしも「口で吹く」って斬新だ。でも、おかげで攻めてくる蚊たちはよれよれと軌道を逸《そ》れてゆく。「フーフー、フーフー、フーフー」。その真剣な姿を見ながら、一生この人のファンでいよう、と心に誓った。

よそんちの謎

先日、友人のキタニくんと話していた時のこと。家族の話になった。
ほ「妹のこと、なんて呼んでるの？」
キ「キタニ」
ほ「えっ！　苗字？」
キ「うん」
ほ「珍しいね」
キ「そう？」
ほ「と思うけど。妹からはなんて呼ばれてるの？」
キ「キタニ」
ほ「ええっ！　兄妹で互いに苗字で呼び合ってるの？」
キ「いや、ちがう、というか……」
キタニくんの話によると、正解は「家族全員が互いに苗字で呼び合っている」とのことだった。びっくりして、私は云った。

ほ「だって、キタニしかいないのに……」

キ「まあね」

うーん、と思う。よそんちって本当に不思議だ。

もっとも、まったく理解できないわけではない。自分自身について考えても、子どもの頃は、両親のことをなんの迷いもなく「お父さん、お母さん」と呼んでいた。ところが、或る時期から、なんだかそれが恥ずかしくなってくる。「パパ、ママ」と呼んでいた友だちはもっと困っていた。かといって、突然「おやじ、おふくろ」とも云いにくい。

その結果、私の場合は「ねえ」とか「あの」とか曖昧な呼びかけをするようになっていった。日本の家庭では相手をはっきり指示しなくても、それほど不都合はない。だから、そのまま何年も経ってしまった。再び「お父さん、お母さん」と呼べるようになったのは、自分が中年になってからだ。それを考えれば、家族全員が「キタニ」でも別に困らないという状況はわかる。

でも、実際に全員が「キタニ」と呼び合う食卓の様子などを想像してみると、やっぱりちょっと可笑《おか》しいような怖いような、不思議な感じがするけどなあ。

只者じゃない

大人になるにつれて、どんどんひ弱になっているような気がする。年を取るほどにいろいろな経験を積んで逞しくなると思っていたのに、実際にはそうじゃない部分がけっこうある。

例えば虫。子どもの頃は大好きだった。カブトムシ、クワガタ、ミノムシ、セミ、トンボ、ゲンゴロウ、アリジゴクなどを捕まえたり飼ったりしたものだ。

でも、今はあんまり興味がない。なかには触りたくないものもある。どうして変わってしまったのか、自分でもよくわからない。例の黒い虫に至っては名前を見るのも嫌で、「G」と呼んでいる。

先日、仕事で釧路に行った時のこと。打ち上げの飲み会で何故だかGの話題になった。

「北海道にはいないって本当ですか」

「ええ。見かけませんね。札幌の地下街とかにはいるのかもしれないけど」

「へえ。じゃあ、気持ち悪いとか怖いという気持ちもないんですか」

「はい。そもそも知らないから。何がそんなに嫌なんですか」

「理由はわからないけど、見るとぞっとするんです」

その時、ちょっと離れた席から声が飛んできた。

「あたしは見たことあるよ。出張で東京に行った時」

「Gだってすぐわかりました?」

「最初はわからなくて、なんか変なのがいるなって。でも、ぱっと摑《つか》んでくるくる回したのに目を回さないから、おやっと思ったの」

「くるくる回した?」

「うん。捕まえてくるくるってやると、どんな虫でも目を回してよろよろするんだけど、平気で歩いてたからね。こいつは只者じゃないなって気づいたの」

うーん、と思った。どうして虫の目を回すのか、よくわからないけど、なんだか面白い。あなたこそ只者じゃないですよ。

計量スプーンと洗濯機

結婚した時、電化製品を一式揃《そろ》えることにした。私も妻もずっと実家暮らしだったから何にも持っていなかったのだ。思ったより高くて予算をオーバーしてしまった。

「こういうものはだいたい同じくらいの時期に寿命がくるっていうから、それまでにお金を貯めておかないと駄目だね」

「10年後くらい？」

「なのかなあ」

ところがである。1年も経たないうちに洗濯機が壊れてしまった。洗濯槽部分の蓋が開かなくなってしまったのである。話がちがうじゃないか。修理の人を呼ぼうと思いつつ、時間が取れなくてしばらくコインランドリーに通っていた。

そんなある日のこと。家に帰ると、洗濯機が動いているではないか。

「あれ？　修理してもらったの？」

「ううん」

「じゃあ、どうやったの？」

「これで蓋を開けたの」

そう云いながら、妻が見せてくれたのは一本の計量スプーンである。その柄の部分を蓋と本体の隙間から差し込んで、金庫破りのように開けたらしい。

「へえ」と私は感心した。「メカに強いね」

「こういうのはメカに強いって云わないんじゃない？」

ともかく急場は凌《しの》げた。近いうちにちゃんと修理してもらおう。ところがである。その日は永遠に来なかったのだ。なんと、それから10年もの間、妻は一本の計量スプーンで洗濯機の蓋を開け続けたのである。修理の人を呼ぶの面倒くさいし、これでカチャカチャやれば開くからいいよね、となってしまったのだ。ちなみに何度チャレンジしても私には開けられなかった。

10年が過ぎた頃、洗濯機は今度こそ本当に壊れて買い換えた。でも、計量スプーンはまだ手元にある。いったい何をどうしたらこんなになるんだ、と思うような歴戦の勇士の顔をしている。

風邪の原理

そういえばこの頃、風邪をひいてないなあ、と思うことがある。ちょっと嬉しい。青汁が効いてるのかな。それともお茶でするうがいの効果だろうか。でも、そのことを人には云わないようにしている。自分ひとりの胸にしまっておく。

以前はそうではなかった。「今年は一回も風邪ひかなかったんだよ」とか「最後にひいたのは一昨年の冬くらいかなあ」とか「青汁が効いてるんだと思う」とか、うっかり口に出してしまった。

すると、不思議なことに、その直後に必ず風邪をひいてしまうのである。何度も同じことを繰り返した結果、ここには何か理由があるに違いない、と気がついた。

神様はやはりいるんじゃないか。そして、現世のあちこちに子分の天使を派遣しているのだろう。透明な天使たちは我々の言動をいつもチェックしていて、いちいち神様に報告している。

「神様、神様。太陽系の第三惑星の日本の東京の杉並区のほむらって人間が、もう何年も風邪をひいてないって云ってます。なんとなく得意そうでした」

するとと、神様の目がぴかっと光る。

「ふーむ。どうやら少々調子に乗っておるようじゃな。では、ここらで一発ひかせとくか」

なんと。そんな仕組みだったのか。そういえば昔、誰もいないと思っていても、エンゼルはいつもどこかでながめている――なんて歌もあった。だから、私はその件について決して口にしないのである。

と、風邪をきっかけとして、少しだけ世界の原理を解明できた。

だが、できればもう一歩理解を進めたい。将を射んと欲すればまず馬を射よ。天使に好かれるにはどうしたらいいのだろう。

試しに「天使　好物」で検索をかけてみる。その結果、出てきたのはジンと麻婆豆腐《マーボー》。

麻婆豆腐？　意外だなあ。

猫持ちになりたい

子どもの頃は、近所に犬を飼っている家が多かった。まだ番犬という言葉が生きていた時代である。だが、時が流れて、いつのまにか犬と猫の人気が逆転したらしい。ふと気がつくと、周囲の友人たちがみんな猫を飼っている。ツイッターやインスタグラムに、それぞれが自慢の猫たちの写真や動画をあげている。

私はそれを眺めては、いいなあ、可愛いなあ、と羨ましがっている。我が家には猫がいない。ペット禁止の賃貸住宅なので飼うことができないのだ。金持ちという言葉があるが、みんな猫持ちだよなあと思う。それでいくと私は猫貧乏だ。

友だちの家に遊びに行ったりして、たまに猫と触れ合う機会があると、仲良くなろうとしてぐいぐい迫り過ぎる。そのために逆に嫌われてしまう。こんなに好きなのに。猫貧乏の悲しさだ。

去年の夏のこと。仔猫《こねこ》を拾ったので飼ってくれる人はいませんか、というメールが回ってきたことがあった。足の先っぽだけが真っ白な黒猫の写真を見て、一目惚れしてしまった。大家さんにお願いしてみる、と妻が真顔で云い出した。

「あの、この仔猫を飼いたいんですけど、駄目でしょうか」

そう云って、写真を見せている。

「うーん、困ったなあ。一軒にOKを出すと、全員に許可しなくちゃならないから」

大家さんも困っている。妻の目にみるみる涙が溜《た》まってきた。

その翌日、ドアのチャイムが鳴って、開けると大家さんが立っていた。

「昨日はごめんなさいね。あの、これ、よかったら」

そう云って、大きな紫陽花《あじさい》をくれた。気を遣《つか》ってくれたんだなあ。

私の夢はいつか猫を飼うことだ。今は実現できないから、その代わりに猫の動画を眺めている。夜中にいつまでも観続けてしまうことがよくある。

誰も悪くないのに

40歳を過ぎるまで日本から出たことがなかった。外国に興味がなかったわけじゃない。でも、言葉が喋れないし、なんだか怖くて面倒くさかったのだ。

42歳で結婚した時、新婚旅行で北欧に行くことになって、デパートでスーツケースを買った。初めての海外旅行用の初めてのスーツケースである。結婚した相手が旅行好きだったので、それから毎年のように外国に行った。でも、なかなか旅に慣れることができない。ただ、スーツケースには飛行機やホテルのステッカーやシールがどんどん貼られて貫禄が出た。

そんな私に比べて、父は逞しい。若い頃、3年ほどドイツ（当時は西ドイツ）に留学していたせいもあって、80代の今も一人で気軽に海外へ出かけてゆく。しかも、ぼろぼろのボストンバッグ一つで。その様子を見かねて、或る時、スーツケースを貸してあげた。

1週間ほどして、父から連絡があった。

「帰ってきたぞ」

「おかえり、イタリアどうだった？」

「よかったよ。お土産があるから、これからそっちに行くよ。スーツケースも返したいし」

「うん、待ってるね」

1時間後、現れた父の姿を見て妻が悲鳴をあげた。

「スーツケースが！」

「おお、なんかべたべた貼ってあったから全部きれいにしといたよ」

父はスーツケースにびっしり貼られたステッカーやシールをゴミだと思ったのだろう。全部剝がしてぴかぴかにしてしまったのだ。でも、それは妻にとっては大切な思い出の証だった。世代差というか感覚の違いである。

堪《こら》えようとしたけど我慢しきれなくて妻は泣き出してしまった。父は驚いておろおろしている。私は天を仰いだ。誰も悪くないのに悲しい結末になるってことがあるんだなあ。

鉄火巻とさきいか

友人から届いたメールの中に、こんな一文があった。

「鉄火巻ってマグロなんですね！」

えっ、と思う。その通りだけど、今まで知らなかったのかなあ。おすしが苦手で食べたことがなかったのか。それとも、食べても気づかなかったのか。

でも、そんなことってあるだろうか。鉄火巻がマグロだって、普通は小学生くらいで知るものじゃないか。

いや、と思い直す。普通はといっても、人によって普通は違う。その友だちはたまたま今日まで知る機会がなかったのだ。確か、彼女は英語が堪能だった。もしかしたら、帰国子女なのかもしれない。

それに、云われてみれば鉄火巻のどこにもマグロって言葉は入っていない。マグロ巻って名前だったらノープロブレムだったろう。

「そう、鉄火巻はマグロ。僕、大好きです」と返信を打ち込みながら、ふと思う。「ちなみにカッパ巻はキュウリです」と付け加えた方がいいだろうか。

そして昨夜のこと。突然、妻がこんなことを云った。

「さきいかってぃか？」

一瞬、脳内で漢字変換ができなかった。

「う、うん。いかだけど、なんだと思ったの？」

そう聞き返しながらも訝《いぶか》しい。鉄火巻のマグロとは違って、さきいかは名前からしても ろにいかではないか。

「それとも、ひもの？」

さらに神秘的な答えが返ってきた。いかとひものは、なんというか、概念のカテゴリーが違う。いかは原材料、ひものは製造法。だから、さきいかはいかじゃなくてひもの、という考えは、正しいとか間違いとかいう以前にそもそも成り立たないと思う。でも、妻は真面目な顔をしている。

どう答えるべきか迷って、私が考え込んでいると、不安そうに妻が云った。

「くんせい？」

魔法の言葉

胃カメラを飲むことになった。30年ぶりである。あまりにも昔すぎてよく覚えていないのだが、とても苦しかった記憶がある。

「麻酔で眠っているうちにやってもらえる病院があるから、そういうところに行ったほうがいいよ」とアドバイスされたけど、まあ、そこまでしなくても大丈夫だろう、と判断した。なにしろ30年も経っているのだ。胃カメラだってずいぶん進化しているに違いない。

と思っていたら甘かった。検査台に横たわってマウスピースをくわえたら、心の準備が整わないうちにぐいぐい体内に侵入してくる。え、え、え、こんなだったっけ、と慌てているうちに、すごく苦しくなってきた。

「もうちょっとだけ我慢して。いちばん苦しいところを通ります」と云われてショック。今すでに辛いのにもっと苦しくなるの？　無理。ぶわっと涙が溢れる。こんなに簡単に大人も泣くんだなあ。

「胃カメラの間、あんまり辛いから自分の胃の中の画像を見て気を紛らわしていた」と友だちが云っていたけど、とてもそんな余裕はない。「看護師さんが背中を撫《な》でてくれてありがたかった」とも云っていたけど、私にはその手も邪魔に思えた。お願い、撫でないで、もっと気持ち悪くなっちゃうよ。苦しくて苦しくて、はあはあはあはあはあしか考えられない。その時、頭上で声がした。「とてもお上手ですよ」

え、と驚く。そうなの？ 僕、下手じゃないんだ。その心の声が聞こえたかのように、再び「とてもお上手です」という声。全身の力が抜けて苦痛がすーっと薄れてゆく。

ただの検査なのに我慢できずに涙と涎《よだれ》を垂れ流している自分は弱い、自分は駄目だ、と思っていたのに、そうではないと分かっただけで、こんなに楽になるなんて。ほんの一言褒められただけで。単純というかなんというか、我ながらびっくりだ。

旅先の不安な店

　お店と自宅が微妙に混ざっているような飲食店というものがある。旅先で電車の空き時間などに、駅前の定食も出す喫茶店みたいなところに入ると、暗がりに梟《ふくろう》の剝製がいたりして、おっと思う。その横には新聞が雑然と積まれている。読みたいけど、手を出していいものかどうか迷う。店内閲覧用というよりも、なんとなく家族用に思える。何故そう感じるのかというと、新聞の上に何かのリモコンがぽんと置かれていたりするからだ。これって実家の居間とかの雰囲気だよなあ。

　私はそういうタイプのお店が苦手だ。ルールがよくわからなくてこわい。正直に云えば旅先でもファミリーレストランに入りたいくらいだ。そこなら地元とおんなじ空間、おんなじ味、おんなじサービスで安心できる。安心大好き。でも、それをしたら負けというか、逃げたことになる気がしてしまう。わざわざ旅に出て、遠くまでやってきた意味がない。

　だから、ちょっと不安な雰囲気のお店に無理して入る。思いがけないアクシデントを楽しめる自分になりたいのだ。家族用かもしれない新聞を平気で広げて、謎のリモコンのボタンを押して、梟の物真似をして、お店のおばさんに笑われて仲良くなる、という空想。

でも、現実は厳しい。雰囲気に呑《の》まれているせいなのかなんなのか、そういう時、私は「メニューに書かれてはいるけど今日は作れないもの」を何故か注文してしまうのだ。お店の人に「ない」と云われて焦って「じゃあ、こちらを」と注文し直したものがまたなくて、ひいと思う。なんならあるんですか。

もうなんでもいいから食べ終えて、一刻も早くここから逃げ出したい。心は完全に尻尾を巻いている。醬油《しょうゆ》味のスパゲティを超スピードで食べて会計をしてドアを開けて外に出て、ほっとする。空気が冷たくて新鮮だ。やっぱり旅はいいなあ。

透明人間たちの飲み会

自然な感じで人と話すのが苦手だ。一対一ならいいんだけど、飲み会の席とかでのフリートークが駄目なのだ。「乾杯」の直後は、ちゃんと話の輪に入れている。でも、時間が経つにつれて、なんとなく場の雰囲気から外れてゆく。焦れば焦るほど話すことができず、純粋な聞き役になる。にも拘《かか》わらず、どんどんみんなとの距離ができて、うんうんと頷きながら透明人間になってゆく。

ふと気づくと、右隣の人は右側のグループで、左隣の人は左側のグループでそれぞれ盛り上がっていて、私には話す相手がいない。さらに時間が経つと、人々はグラスを片手に席を移動し始めて、周囲には物理的に誰もいなくなってしまう。ぽつんと残された私はすることがないので、いつまでも眼鏡拭きで眼鏡を拭いている。

一度や二度なら偶然かもしれないけど、何度も同じ現象が起きるとなると、やはり自分自身に原因があるとしか思えない。認めたくはないが、私は飲み会で話しても楽しくない人なのだ。そう思い込んでいるせいなのか、話の輪に辛うじて入っている時も、もう一つのグループの方が盛り上がっているような気がしてしまう。こっちの方が笑い声が少ない。それも私のせいなのか、透明人間どころか疫病神か、と不安になる。

私には、その場のみんなが楽しくなるような話を振ることはできない。それはもう諦めている。でも、聞き役さえ満足に務めることができないのはどうしてなのか。お酒が飲めないからか、いや、世の中には下戸の人気者だっている。

カルチャーセンターに飲み会講座というものがあったら、と想像する。習いに行こうか。そこに来ているのは全員飲み会が苦手な人ばかり。仲良くなれるかもしれない。でも、そのメンバーでの飲み会を思い浮かべて怖くなる。もし、そこでも話の輪に入れなかったら、どうしよう。

諦めの儀式

私が子どもの頃は、学習塾に行っている友だちはまだ少なかった。放課後は原っぱや空き地に集まって遊んでいた時代である。ただ、習い事に通っている子はけっこういた。書道、算盤《そろばん》、英会話、スイミング、ピアノ、絵画、日本舞踊などである。

私も書道と英会話とピアノ、それに絵画を同時期にではないが習っていた。親たちは月賦でピアノまで買ってくれた。6畳と4畳半の2間しかない小さな社宅に無理矢理それを置いていたのだ。一人息子に対する期待値の高さを感じて怖いのだが、当時はなんとも思っていなかった。

結果的に、私は親の期待をすべて裏切ることになってしまった。幼稚園から中学まで10年近くピアノ教室に通ったのに、今では「ねこふんじゃった」も弾けない。書道を習ったのに字は下手。英会話も駄目。絵画に至っては学んだ記憶自体が失われている。

でも、無駄とは思っていない。何故なら、それぞれの方面において自分には才能がないことを確認できたからだ。何もやっていなかったら、もしかしたら自分にはピアノの才能があったのでは、などと後になって考えてしまった可能性がある。子どもの頃に習わせて貰えなかったから開花しなかっただけなんじゃないか、と。

人間の心理とは不思議なものだ。恋愛に燃え上がっている友だちにはどんなアドバイスをしても無駄、と経験的にわかっている。もう可能性がないことが周囲の誰の目にも明らかでも、本人は決して撤退しない。あれは一縷《いちる》の望みに賭けるというよりも、むしろ完全に駄目だということを確認するための行為なんじゃないか。その儀式が済むまでは「もしかしたら」という思いを消し去って前に進むことができないのだ。

今の私が習い事を始めるとしたら、何がいいだろう。茶道とかどうかな。もしかしたら、未知の才能が眠っているかもしれない。

父の流儀

父の日に父と待ち合わせをした。新しい登山靴を買いに行くためである。86歳なのに趣味が山登りなんだから元気なものだ。先にお昼ごはんを食べよう、ということになってカレー屋さんに入る。私は猫が飼いたいんだけど、賃貸住宅だから飼えないという話をした。

「お父さん、猫飼ったことある？」

「あるよ、昔な」

「どんな猫？」

「普通の猫だ」

妙な答えだけど、遠い昔のこと過ぎて憶《おぼ》えていないのかもしれない。

「餌《えさ》は何あげたの？」

「何もやらないよ」

「え？　どういうこと？」

「餌をやったら意味が無いだろう」

「どうして？」

「そりゃ、鼠を捕らんくなるからさ」

当然という顔だ。時代が違うなあ、と思う。今は「猫の餌」って云うだけで嫌がる人も多いのに。「猫のごはん」って云わないと。

「じゃ、鼠対策として飼ってたの？」

「あの頃は皆そうさ。ご近所と猫の貸し借りもしたよ」

猫の貸し借りか、面白いような野蛮なような。でも、考えてみれば、私の子ども時代にもご近所と味噌《みそ》や醤油の貸し借りはまだあった。

登山用品店で父の靴を買った後で辺りを眺めていたら、銀色の洒落たスキットル（お酒用の水筒）を発見。父がいつも小さな醤油のペットボトルにウイスキーを入れて、下山後のバスの中でちびちび飲んでいたのを思い出す。

「お父さん、これも買おうか」

「要らん」

「どうして？　醤油のボトルよりずっと恰好いいよ」

すると、父は呆れたように云った。

「山だぞ。雷が落ちるじゃないか」

うーん、そうか。すべてにおいて、父には父の流儀があることを思い知った。

長所と短所

今年は蟬が鳴き始めるのが遅かった。鳴かないなあ、まだかなあ、と気にしていたら、7月も半ば近くになって、やっと小さな声で鳴き出したので、ほっとした。

そう云ったら、妻が不思議そうに聞いてきた。

「鳴いて欲しいの？」

「うん。夏が始まったって感じがするから」

「そう」

「嫌なの？」

「だって、うるさくなるでしょう。まだ寝てるのに大声で鳴き出して」

そうか、と驚いた。どうやら妻は蟬の声が好きじゃないらしい。私は気にならない。というか、むしろ好き。物事の感じ方には個人差があるなあ。

「でも」と彼女は云った。「蟬にもいいところもあるよね」

「どんな？」

「礼儀正しい」

「えっ、蟬が？」

「うん、朝、決まった時間になるまでは鳴かないから」

うーん、と思う。あれは礼儀だったのか。

「その点、カラスは駄目だね」と妻が続ける。「朝でも夜中でも関係なく、騒ぎ出して」

確かに。しかも、なんとなく仲間同士で会話をしている風なのが不気味だ。

「でも」とまた妻が云った。「カラスにもいいところもあるね」

「へえ、どんな？」

「うちのハンガーを巣に使ってる」

「え！ ほんとに？」

「うん。知らなかったの？」

「知らなかった」

「家の前の欅《けやき》の木に巣があって、青いハンガーが使われてるんだけど、あれ、うちのなんだよ」

何故か得意そうに妻は云った。ベランダからハンガーを盗《と》られたことは別に嫌じゃなくて、巣の素材として使われたことをむしろ名誉に思っているようだ。カラスは好きじゃないはずなのに。不思議だなあ。

正解は

数日前の夜のこと。タクシーから降りる時、運転手さんに向かって「ごちそうさま」と云ってしまった。あっ、と思ったけどもう遅い。でも、相手はさり気なく「ありがとうございました」と云ってくれた。

タクシーが去ってからも、しばらくどきどきが止まらない。「ごちそうさま」ってなんなんだ。なんにもごちそうになってないよ。間違った。間違ってる。正解は「ありがとうございました」か「おやすみなさい」だ。

こういうことが時々ある。駅の改札口で自宅の鍵を出してしまったり（正解は「Ｓｕｉｃａ」だ）、旅先で歯ブラシにシェービングクリームを載せてしまったり（正解は「歯磨き粉」だ）。何故そうなるのかはわかっている。微妙に似たシチュエーション同士を無意識に取り違えてしまうのだ。日常的に何度も繰り返した行為だからこそ発生する、一種の誤作動みたいなものだ。

でも、と不安になる。だんだんその頻度が増えてきているんじゃないか。こないだは、そうめんを箸で掬《すく》ってコップの水につけてしまった。「しまった」と思った瞬間、目の前のすべてがスローモーションに見えた。呆然《ぼうぜん》とする。これはやばいよ。正解は「めんつゆ」だ。

やはり年齢のせいだろうか、と暗い気持ちになる。その不安を消すために、若い頃から同じような誤作動はあったと思いたくて、脳内で過去の事例を検索する。うーん、うーん、うーん、うーん、あ、あったぞ。幼稚園の梅組だった時、先生に向かって「おかあさん」と呼びかけてしまった。恥ずかしかった。正解は「中島先生」だ。

でも、同じ間違いをしたのは私だけじゃなかった。園児たちはまだ幼くて、シチュエーションと正解とがしっかり結びついてなかったんだろう。ということは、半世紀の時を経て、再びその結びつきが緩んできているのか。困るなあ。

ヒーローの必殺技

子どもの頃に住んでいた町では、大売り出しの季節になると商店街にさまざまな飾り付けが施された。その年は、カラフルなプラスチックの玉だった。

私たちの小学校では、その玉を集めるのが流行《はや》っていた。登下校の際に子どもたちがブチブチ毟《むし》ってしまうので、学校に苦情が入って、絶対しないようにと禁止されていた。でも、みんなはこっそり集めるのを止《や》めなかった。

プラスチックの飾り玉は色ごとに数が違っていて、ピンクが一番多く、青と黄色がその次、そして緑が極端に少なかった。数百個に1個くらいしかないのだ。みつけることすら難しい。このアンバランスが我々の所有欲を煽《あお》った。

或る日のこと。私は学校帰りに一人で寄り道をしていた。果物屋さんの前を通った時、どきっとした。緑色が目に入ったのだ。見上げると、高い位置に貴重な緑の玉があった。沢山のピンクや青に囲まれて一つだけ。私は電柱に登って必死に手を伸ばした。今にもお店の人が出てくるんじゃないか、と不安でたまらない。ブチッという手応えを感じた瞬間、ダッシュで逃げ出した。

　翌日、私は教室のヒーローだった。同級生たちは、すごーい、見せて、触らせて、と口々に云ってきた。遠く離れたクラスの、一度も喋ったことのない男子までやってきた。その子は緑の玉を見るなり、いきなりその場に土下座した。

「お願い、これ俺にください！」

　私はびっくりした。でも、考えるより先に体が動いた。負けずに土下座をしながら叫んだ。

「駄目です！」

　必殺、土下座返しである。そんなにまでして守った大切な緑の玉も、その後どうしたのか覚えていない。たぶんすぐに飽きてどこかにやってしまったのだろう。あれ以来、土下座というものはしていない。

何かが起こっている

世の中で今どんなことが起こっているのか、新聞やテレビやインターネットが教えてくれる。でも、それとは別に日常生活の中で、具体的に小さな変化を感じ取ることもある。

あれはいつ頃だったろう。コンビニエンスストアでお釣りを受け取った時のこと。店員さんが普通にお金を返すのではなく、こちらの手を自分の手で上下から包むように渡してくれた。そんなことは初めてされたから、嬉しかったけどちょっとびっくりした。ずいぶん丁寧な人だなあ、とその時は思っただけだったけれど。

ところが、その直後に飲食店や漫画喫茶でも同じ渡され方をすることが続いたのである。ということは、偶然ではないんだろう。知らないうちに、お釣りの渡し方が進化したらしい。或る時期から、洋服などを買った時、店員さんが出口まで見送ってから商品を渡してくれることが多くなったように。

丁寧なお釣りの返し方は、たまたま女性の店員さんからしかされてなかったけど、おじさんの店員さんも同じことをしてくれるのだろうか。おじさんに優しく手を包まれるおじさん……、いいけど心の準備が欲しい。などと、あれこれ考える。

ところが、である。しばらくすると、いつの間にか、お釣りの渡し方が元に戻ってしまったのだ。あれは夢だったのか。それとも単に定着しなかっただけか。もしかしたら、嫌がるお客さんがいたのかも。或いは、逆に喜びすぎる人がいたとか。

いずれにせよ、洋服屋さんの見送りは、気が進まなければ、あ、ここでいいです、と客の側からさりげなく断れるけど、お釣りはそれが難しいからなあ。と納得しつつ、なんとなく不安な気持ちが残る。私の目には見えない力がお釣りの渡し方を変えて、やはり目に見えない力が元に戻してしまった。その正体は一体なんだったんだろう。

お棺に入れる物

　明治生まれの私の祖母には愛用の薬があった。いや、愛用なんて生易しいものではなく、ほとんど信仰に近かった。医者嫌いの祖母は、どんな病気も怪我《けが》も、その薬で治ると信じていたのだ。例えば、風邪をひいて喉が痛いなと思うと、それをお湯に溶かしてちびちびと飲む。一見普通のようだが、ぜんぜんそうではない。だって、その薬は軟膏《なんこう》なのだ。

「おばあちゃん、何飲んでるの。それは塗り薬だから飲んじゃ駄目よ」

　家族がいくら注意しても聞く耳を持たない。

「ん、だからな、喉に塗ってるんだ」という答えが返ってくる。子どもだった私は、へえ、そうなんだ、と真に受けていた。さぞ飲みにくかっただろうに、よく我慢できたものだ。信じる力って凄い。

　そんな祖母は心筋梗塞で亡くなった。さすがのあの薬も心臓には塗れないからなあ、と私は思った。もしそうできたら、まだ生きられたかも。もちろん愛用の軟膏はお棺に入れられた。ロングセラーのその薬は今も売っていて、見るたびに祖母のことを思い出す。

それにしても、と思う。自分にはそこまで信じて愛用してトレードマークになってお棺に入れられるようなものがあるだろうか。祖母のようにその品をどこかで見かけたら必ず思い出して貰える何かが。

高校生くらいからずっと使ってるフケ防止用シャンプーがあるけど、お棺に入れられるのは嫌だなあ。街でそれを見かけて思い出されるのも嬉しくない。ほむらさんはあれが切れるとフケが凄かったとか、忘れてほしい。

あとは身近な愛用品だと眼鏡だろうか。どうも平凡だ。パイプとかだと素敵なんだけど吸わないし。この微妙な印象の差ってなんなんだろう。愛用の万年筆もないし、ワープロソフトの「一太郎」はずっと使ってるけど実体がないからなあ。

違いがわからない男

納豆のパックを開けると、専用のタレとカラシが付いている。いつものようにそれを投入してぐるぐる混ぜていたら、たまたま一緒にご飯を食べていた友だちに云われた。

「タレ入れるんだ」

「えっ、いや、だって付いてるから……」

「うん。でも、醬油の方がおいしいよ」

びっくりする。そんなこと考えもしなかった。実際に試してみたところ、確かにそっちのほうがおいしいような気がした。知らなかったなあ。

それに、専用のタレがありながら敢えてそれを使わずに醬油を垂らす、ってところが恰好いい。自分だけの流儀って感じだ。すっかり感心した私は、その日から納豆には醬油派になった。

数年後、いつものように納豆に醬油をかけようとした時のこと。

「タレ使わないの？」と別の友だちに尋ねられた。

「うん。醬油の方がおいしいんだよ」と私は滑らかに答える。

「昔はそうだったけど、最近のタレはレベルが上がってておいしいんだよ」

えっ、と思う。そ、そ、そうなの。いや、でも、今更そんなこと云われても困る。だって、それじゃみんなと同じになっちゃう。タレの代わりに醬油を垂らすっていうのが、私の流儀なんだから。

そう思いかけて、いや、とまた考え直す。そもそもそれ自体、友だちの真似だった。私はいったんそう教えられたら信じ込んでタレに見向きもしなくなった。行き場を失った小袋が冷蔵庫にざくざく溜まっている。なのに、別の友だちに逆のことを云われたら簡単にぐらついている。

昭和の頃、自分だけの価値観や美意識を持った人のことを「違いがわかる男」と呼ぶコマーシャルがあった。そこに登場した遠藤周作や北杜夫の姿を見て、恰好いいなと憧れていた。でも、私はいつまでも「違いがわからない男」のままだ。

私のバッテリー

駅までの道で、下校中の小学生と一緒になることがある。彼らはよく走る。きゃあきゃあ云いながら、駆け出しては、また戻ってきたりもする。行ったり来たり、行ったり来たり、本来の移動とは無関係な走行距離がどんどん増えてゆく。

もったいないなあ、と思う。その分を私におくれ。子どもたちが無駄に走った分、私がするすると前進する。きゃあきゃあ、するする。きゃあきゃあ、するする。動く歩道みたい。あっという間に、もう駅だ。なんてことができたら、どんなに楽だろう。

子どもはエネルギーが余ってるんだなあ、と思う。でも、自分だって、かつてはそうだった。走り続けるのは無理でも、20代の前半くらいまでは、ほとんど休憩なしで一日中歩いていられた。疲労よりも回復する力の方が勝っていたのだろう。

その感覚が変わったのは、28歳の時だ。旅先の町を歩いている時、突然「あれ、なんか疲れたな」と自覚した。そして、喫茶店を探した。休まずに歩き続けることができなくなったのだ。

でも、喫茶店で珈琲《コーヒー》を飲みながら、しばらく座っていれば、すぐにまた歩けるようになった。エネルギーの充電が完了したのである。

それから数十年。徐々に休憩の頻度が増していった。最近では、喫茶店で休んでも、店を出て歩き出したとたん、たちまち疲れてしまうことがある。全然、回復できていないのだ。1時間も座ってたのに。

若い友人にそう訴えたところ、「充電しても復活しないのは、あれですね、バッテリーそのものが、もう駄目になってるんです」と指摘されて、がーんとなる。

「どうしたらいいの」と尋ねると、「スマホだとバッテリーの交換になるんですけど」という答え。うーん。スマホじゃないからなあ。私のバッテリーは、一体どこにあるんだろう。

マヨネーズ愛

会社員時代のこと。お昼や夜のご飯に何を食べるか考えるのが楽しみだった。ところが、仕事が忙しくなって深夜までの残業が続くと、そういう気持ちの余裕が失われて、毎日似たものばかり食べるようになってしまった。具体的には、昼なら焼き肉弁当や唐揚げ弁当、夜なら定食屋の生姜《しょうが》焼き定食だ。

そんな時、繊細で薄味な食べ物は、まったく目に入らない。食べても味がわからない。というか何も感じない。そこから、さらに忙しくなってくると、もっと濃い味を欲するようになる。

その結果、焼き肉弁当が焼き肉キムチ弁当に、唐揚げ弁当が唐揚げ弁当辛子《からし》マヨネーズ付きに、定食屋の生姜焼き定食にも隠し持ったマイ・マヨネーズをかけるようになった。自分で食べる定食に自分のマヨネーズをかけるのも犯罪になるだろうか。わからないけど、びくびくした。

その後、会社をやめて心と体に余裕ができたら、白身のお刺身などをおいしいと思えるようになって感動した。失われた味覚が返ってきたのだ。

と云いつつ、マヨネーズは今もずっと好きなままなんだけど。でも、さすがにマイ・マヨネーズを持ち歩くことはやめた。世の中にはマヨネーズ嫌いの人がいて、そういう人にショックを与えてしまうからだ。

マヨネーズ好きの気持ちを詠《うた》った短歌がある。

なぜ置かぬ置けば買うのに　マヨネーズと辛いなにかを和《あ》えた具のパン　和田浩史

わかるなあ、と思う。「辛いなにか」という表現がなんとも云えないジャンク感を醸し出している。具体的にこれってことじゃなくて、「辛いなにか」なら何でもいい。つまり、「マヨネーズ」こそが「具」の主役。いや、それどころか、「パン」の部分さえ「マヨネーズ」を食べるための台に過ぎないのだ。

ハンガー事件

　数日間の北海道出張を終えて、東京に帰ってきた夜のこと。疲れたなあ、と思いながら家の前まで辿り着いた時、路上にハンガーが落ちているのに気がついた。

「？」と思って近づくと、もう一つ、また一つ、さらに一つ。辺り一面に色とりどりのハンガーが散らばっている。驚きながら数えてみると、なんと26本もあるではないか。

　異様な光景に不安を覚える。何か事故でもあったのだろうか。クリーニング屋さんの交通事故とか。ちがうよなあ。それなら洋服とかも散らばってるはずだ。

　或いは、どこかの家で激しい夫婦喧嘩があって、窓から投げ捨てられたとか。いや、それならお皿とか茶碗《ちゃわん》とか他のものも混ざっているはずだ。ハンガーだけを投げ合うマニアックな夫婦喧嘩なんて変だろう。

　私は首を捻りながら、自宅のチャイムを押した。

「ただいま」

「おかえり。見た？」

「何を？」

「ハンガー」

「見た。いったい何が起こったの？」

「こっちは台風だったの」

「うん」

「で、たぶんカラスの巣が飛ばされたんだと思う」

びっくりした。カラスが巣作りにハンガーを利用するのは知っていた。以前、妻がそう云っていたから。うちのハンガーが巣に使われてるって何故か嬉しそうだった。でも、まさかあんなに大量に使用されているとは……。頑張って作った鉄筋の家を吹き飛ばされて、カラスはさぞショックを受けたことだろう。

翌日、外に出てみると、もうハンガーはなかった。近所の誰かが片付けたのか。まさか、カラスが持ち帰ったってことはないよな。何もかもいつも通りの朝。でも、眩しいほど晴れた空の下で、なんだか夢を見ているようだった。

正直な人

先日、繁華街でタクシーを拾った時のこと。たまたま停車中の車がいたので、ラッキーと思って乗り込もうとすると運転手さんが云った。

「あの、ニンニク臭いけどいいですか？」

「？」と思って固まっていると、さらに説明があった。

「今降りたばかりのお客さんが焼き肉屋の帰りだったらしくて……」

そういうことか。一瞬迷ったけど、わざわざ正直に伝えてくれたんだからと思って「大丈夫です」と乗り込んだ。が、大丈夫ではなかった。これは……、臭いというレベルを超えて目に沁《し》みる。思わず「ううっ」と呻《うめ》くと「すみません」と謝られてしまった。

「いえ、でも、凄いですね。どうしたらこんな臭いになるんだろう」

「お客さんが4人組だったので……」

なるほどなあ。ニンニク4人組が狭い空間にぎっしり詰まっていたのか。運転手さんも大変だ。正直に教えてくれたと思ったけど、これじゃ云うしかないよなあ。2月の夜の中、すべての窓を全開にして、ニンニクタクシーは進んでいった。

　また別の日。古着屋さんで素敵な赤いジャケットを試着した時のこと。どきどきしながら鏡の中の自分を見て絶句。ぜんぜん似合ってない。顔が駄目なのだ。真っ赤なジャケットとのギャップが大きすぎてコラージュみたいになっている。

「ああ〜」と絶望のため息が出た。するとその時、後ろから店員さんの声がした。

「お客さん、あの、脚が細くて恰好いいですね」

　思わず笑ってしまった。ジャケットの試着なのに、どうして脚？　いや、気持ちはわかる。上半身についてはコメントできなかったのだ。嘘を吐《つ》かずに何とか褒めようとがんばった結果、思わずそう口走ってしまったに違いない。なんて正直な人なんだろう。素敵な赤いジャケットは諦めた。

妻という謎

寝る前などに動物の動画を観る癖がある。これを始めると、あっという間に時間が経ってしまう。仔猫や仔犬の姿を見ると、脳から謎の液が出てうっとりする。ああ、可愛いなあ。

その余韻に浸りながら、私はなんとなく妻に話しかけた。

「柴犬って飼い主以外に撫でられるのはあんまり好きじゃないんだって」

すると、こんな言葉が返ってきた。

「へえ。柴犬ってあのどうして人気あるかわからない演歌顔の子?」

一瞬、言葉に詰まる。なんだか、予想していた返事と違う。いろいろ意外すぎて、どこから突っ込んでいいのか混乱した。

疑問点を整理してみる。柴犬は文句なく可愛いと思っていたから、「どうして人気あるかわからない」のは不思議である。また、柴犬のどこが演歌顔なのか、わからない。それはいけないことなのか。そもそも演歌顔とはどういう顔か。

とりあえず、一番気になった点から尋ねてみた。

「あの、演歌顔ってどういう顔？」

妻は真顔で即答した。

「ほら、なんとなく角刈りっぽい」

角刈りっぽい？　ますますわからない。私には演歌歌手が角刈りって印象は特にないし、柴犬のどこが角刈りっぽいのか。犬に髪形ってあるのか。

多くの疑問を抱えたまま、けれども、私は沈黙した。訊けば訊くほどわからなくなりそうな予感がする。妻は穏やかな表情をしている。まったくいつもと様子は変わらない。今の会話を変だと思っている気配もない。静かにお茶をすすっている。

彼女の中では、なんの疑問もなく柴犬は角刈りで演歌顔の不人気犬なのだろう。夫婦と云えども見えている世界は違う。妻という謎の塊がここにある。

胡桃割り人形

先日、友人のNさんと一緒に共通の友だちの家に遊びに行った時のこと。こんな会話になった。
友「胡桃あるけど持ってく?」
ほ「欲しい欲しい。あ、でも、家に胡桃割りがないや」
友「あー、そうか」
その時、Nさんが云った。
N「あたし、車で来てるから帰りに送って行くついでに割ってあげるよ」
ほ「え、だって胡桃割るモノがないんだよ」
N「大丈夫」
そうなのか、何かやり方があるのかな、と思ってなんとなく納得した。
数時間後、私の家でそのやり方が判明した。Nさんは「あーん」と大きく口を開くと、奥歯に胡桃を挟んで「カッ」と真っ二つにしてくれたのだ。

「あーん、カッ」「あーん、カッ」「あーん、カッ」

みるみる胡桃が割られてゆく。任せっきりでは申し訳ない。試しに自分もやってみた。でも、胡桃をくわえることはなんとかできるけど、ぜんぜん歯が立たない。無理に力を入れると、顎の方が外れそうだ。その間にもNさんは胡桃割り人形のように作業を進めてゆく。

「あーん、カッ」「あーん、カッ」「あーん、カッ」

思わず見とれてしまう。なんて丈夫な歯、そして強力な顎なんだろう。

N「もうない？　これで全部？」

ほ「うん、ありがとう！」

N「じゃ、あたし帰るね」

彼女は颯爽と帰って行った。私は珈琲を淹《い》れて、胡桃とともに楽しんだ。

夜、お礼のメールをした。

「どうもありがとう。胡桃おいしい。素晴らしい特技だね」

すぐに返事が来た。

「ビールの栓も抜けるよ」

凄いなあ。っていうか、普通はそれ、試さないよね。Nさんはセンス抜群のブックデザイナーでプロレスラーじゃないのに。

点数を集める女

或る夜のこと。ふと思いついて、妻と一緒に駅前のミスタードーナツに寄った。持ち帰り用の袋を抱えて歩きながら、こんな会話になった。
ほ「ミスド、久しぶりだね」
妻「うん。嬉しいね」
ほ「昔はダンキンドーナツもあったね」
妻「あったあった！　懐かしい。いつの間にかなくなっちゃったね」
ほ「うん。でも、今も米軍の基地の中にはあるらしいよ」
妻「そうなんだ。昔、景品が欲しくて、必死にスクラッチカードの点数を集めたよ」
ほ「どんな景品？」
妻「バーバパパのマグカップ。可愛くて、どうしても欲しくて、でも、なかなか点数が集められないから、ゴミ箱の横の席に座って、カードを捨てようとする人に声をかけたの。『要らないならください』って」

ほ「へえ、お店の人に叱られなかった？」
妻「大丈夫。すぐ集まるよ。おじさんはみんな捨てるから」
それはそうかもしれないけど、でも、貰うのはかなり勇気が要るんじゃないか。凄いなあ。そんなにも欲しかったのか。ふと思いついて、尋ねてみた。
ほ「あのさ」
妻「うん？」
ほ「それって何歳くらいの時？」
妻「24歳くらいかな」
ほ「えっ！」
びっくりした。なんとなく中学生か高校生くらいの時の話だと思っていたから。24歳って、けっこう大人だよな。でも、本人は特に疑問に思っていないようだ。
妻「マグカップ、がんばって全色集めたのに、いつの間にか、どこかにいっちゃった」
車のライトが行き交う環八沿いの道を歩きながら、私は思い出そうとしていた。バーバパパって、どんなキャラクターだったっけ。あの、なんとなく餅っぽい奴《やつ》かなあ。

時をかける妻

私の風邪は長い。いったん寝込むと最低1週間は治らない。長いと1か月以上引きずっている。

一方、妻は高熱が出ても丸一日寝ていれば動けるようになる。同じ人間なのに不思議だ。免疫が強いのか、それとも風邪の進行サイクルが速いのだろうか。

妻の風邪がそろそろ治ってきたかな、というのは雰囲気でわかる。深い眠りから目覚めて、布団の中で「痩せたかな」と云い始めるのだ。昨日からスポーツドリンクとヨーグルトしか口にしてないから体重が減っているはずだ、というのである。

「痩せたかな」

「どうかな。体重計に乗ってみたら?」

「うん」

そう云いつつ、でも、すぐには乗ろうとしない。まだ本調子ではないのだろう。ただ、ときおり布団の中で「痩せたかな」と呟いている。

いよいよ妻の風邪が治ると、「ピッ」という音でわかる。布団から起き出して体重計に乗っているのだ。

「あー」

「どう?」

「少し減った」

「良かったね」

「うん」

「何キロ痩せたの?」

「38歳くらいの時の体重まで。でも、20代までは戻らない」

うーん、と思う。そう云われても、38歳の時が何キロで20代が何キロだったのか、私にはわからない。もちろん現在が何キロなのかも。すべてが謎に包まれている。

自分の過去の体重を年代別に記憶しているのは凄いと思うけど、見方を変えると、年々着実に増えてるってことなのか。その点について尋ねたことはない。

毎年、風邪を引くたびに同じことが繰り返される。その都度「38歳」とか「35歳」とか、彼女は少しだけ過去に遡る。時をかける妻。束《つか》の間のタイムスリップだ。

デクノボー

待ち合わせなどでお店に行こうとして、迷ってしまうことがよくある。メールで助けを求めると、「何度も来たことあるでしょう?」と返されて困る。確かにある。でも、いつも誰かと一緒だった。そんな時、私は何も考えなくなるのだ。心のスイッチを切って、ただその人の後をぼーっとついていくだけ。だから、自分一人で行くことになると、まったくお手上げになってしまう。当事者意識というものが極端に欠けているのだ。そういう人間は経験から学ぶことができない。長く生きても賢くならない。

会社員時代はやばかった。取引先のお客さんと自社の社長と私の3人で移動する時、ぼーっとしていたら、社長が車道に飛び出してタクシーを止めてしまった。「あ、そんな。ほら、君の仕事だろう」とお客さんにも呆れられた。

自分がやるべき仕事はナチュラルにスルーするくせに、受け取った名刺の名前が「小林亮一」とか「岡田薫」だと「シンメトリーですね」と喜んだりする。飲み屋の客引きが社長に向かって「社長、どうですか」と声をかけてくると「当たり」とはしゃいだりも。会社のみんなには変な顔をされるけど、嬉しくなってしまうのだ。

先日、妻と一緒に友人の家に遊びに行った時のこと。私がぶら提げていた袋から、妻が何かを取り出して友だちに渡した。

「わあ、タケノコ！」

「お裾分け」

「うれしい。どうもありがとう！」

その横で、私はびっくりしていた。家からここまで自分が運んできたものがタケノコだとは知らなかったのだ。なんか膝にゴンゴン当たるなとは思ったけど。

同じ手土産でも、妻は壊れやすいもの、例えばケーキなどは決して私には持たせない。すぐ床に置いたり、いろいろなところにぶつけたりするからだ。その点、タケノコなら安心だ。

凄い遊び

あれはどこの町だったろう。妻と並んで歩行者天国を歩いていた時のこと。不意に、彼女が云い出した。

「歩行者天国なのに車道の真ん中を歩かないなんて、私も大人になったもんだね」

面白いことを云うなあ、と思った。確かに、その時、我々は普通に歩道を歩いていた。子どもの頃だったら、チャンスとばかりに喜んで車道に飛び出していただろう。

「そうだね。歩行者天国の特別感に、もうわくわくしなくなったんだ」

「うん」

「ほかに、自分が大人になったって思ったのはどんな時？」

「うーん。同じ値段なのに缶ジュースの小さい方を買った時かな」

なるほどなあ。そういえばそうだった。この頃はペットボトルばかりで缶の飲み物自体を見かけないけど。子どもの頃はとにかく大きい方が嬉しかった。でも、大人になると、自分が今どれくらい喉が渇いているか、ちゃんと考えるようになる。

今の私には定食屋さんのお代わり自由とか大盛り無料がすっかり意味を失っている。「ご飯とお味噌汁はお代わり自由ですから」とお店の人に云われて「はい」と答えながら、でも、しないことはもうわかっている。大人って淋《さび》しいなあ。

子ども時代をリアルに思い返すと、あんなのはもう無理と思うことがいろいろある。例えば、幼稚園の頃、よくやっていたのは「右手と左手の戦い」だ。左右の手を組み合わせて、プロレスのように戦わせるのだ。それぞれにそれぞれの必殺技がある。時が経つのを忘れるほど、その遊びが好きだった。我ながら凄いと思う。今の私にはとても無理だ。だって、「右手と左手の戦い」だよ。熱中できる？

そんなことを思いながら、私は妻の手を取って、歩行者天国の真ん中にふらふらと歩み出していた。

本当のパンダ

　先日、友だちにスマートフォンを見せられた。そこには奇妙な絵の画像があった。熊っぽくて、でも、右半分が白く、左半分が黒い。真ん中からくっきり2色に分かれているのだ。これは、もしかして……。

「パンダ？」

「正解！」と友だちは叫んだ。「よくわかったね！」

「うん。白と黒の2色になってるからね。誰が描いたの？」

「幼稚園児のあたし。こないだ実家に帰った時に見つけたの。描いたこと完全に忘れてたけど、凄くない？」

「凄い……」

「その頃、パンダにめちゃくちゃ憧れてたんだよ。2色に分かれてるらしい、ってことは知ってて、でも、それしか知らなかったんだね」

　うーん、と思う。確かに、パンダは白黒だ。でも、こういう分かれ方じゃないよなあ。

いったい、どうしてこう思ったんだろう。そのことに感心してしまう。いくら子どもでも、テレビとか絵本とか、パンダの情報って溢れてたはずなのに。

「想像のパンダがこうで、しかも、憧れてたんだ？」

「うん。絵にしちゃうくらいね」

可愛いなあ。そして、なんというか、素晴らしい。真実を知ってしまうのが惜しい気がする。

「いつ、こうじゃないってわかったの？」

「いつだろうね。忘れちゃった」

そうか。そうだよな。いつの間にか真実を知ったんだろう。大人になるってそういうことだ。もしも、今でもこう思ってたら、最高だけど、やっぱりまずいよな。

スマホの画像をもう一度見せてもらいながら、かっこいいなあ、と思う。額装して机に飾りたい。でも、云い出せなかった。シンプルな絵だから、自分で真似して描くことはできるだろう。けれど、それでは駄目なのだ。心の中の本当のパンダがこうじゃないと。

Ｓｕｉｃａ増殖

友だちが駅でＩＣカードにチャージするところをぼんやり眺めながら、え？　と思った。

「１０００円しか入れないの？」

「え、うん」

「いつも？」

「うん」

「それじゃ、すぐまたチャージすることにならない？」

「なる」

「なら、どうしてもっとたくさん入れないの？」

「なんとなく、Ｓｕｉｃａ落としたら嫌だし……」

「落としたことあるの？」

「ないけど」

彼自身にも理由がうまく説明できないようだ。学生の頃の習慣のまま、今日までそれで来てしまったのだろうか。

「ほむらさんはもっと入れるの？」

「うん」

そう云いながら、実際にやってみせようとする。よし、1万円だ、と気合を入れて財布を開いた時、「あっ！」と友だちが声を出した。

「なにそれ！」

「えっ……」

私の財布のカード入れの部分にSuicaがずらっと並んでいたのだ。

「いったい何枚持ってるの⁉」

「7枚……」

「そんなに要らないでしょう？」

「うん、まあ、でも、すぐにどこかにいって見つからなくなっちゃうから……」

そうなのだ。家に忘れてきたり、別の上着のポケットに入れっぱなしだったり、見つからないことがある。そのたびに買っていたら、いつの間にか増えてしまったのだ。友だちは「信じられない」「ありえない」という目で私を見ている。うまく説明できなくて焦る。でも、ほんとなんだ。眼鏡拭きとか耳かきとかもそうだけど、必要な時に見つからなくてどんどん買い足して、なのに、どんなに増えても何故か見つからない時があるんだよ。

精神年齢の差

先日、電車に乗っていた時のこと。私の隣には小さな男の子が一人で座っていた。小学校低学年くらいだろうか。うとうとと微睡《まどろ》んでいるようだ。やがて電車が駅に近づいて、「よつや〜、よつや〜」というアナウンスが流れた。

ふと気づくと、男の子の前に同じくらいの年齢の女の子が立っていた。そして、「四ツ谷だよ」と云いながら、彼の帽子を軽く引っ張った。同じ学校に通う同級生なのだろう。でも、男の子はまだぼーっとしている。女の子は「くすっ」と笑って降りていった。男の子はきょろきょろしてから、やっと立ち上がってぱたぱたと後に続いた。

ああ、と私は思った。もっと喜べばいいのに。あんなに可愛い子にあんなに親切にしてもらうなんて羨ましい。今が君の生涯で最高の時かもしれないぞ。でも、そんなことを云っても男の子にはわからないだろう。何しろ、まだ小さいのだ。

その点、同じ年頃でも女の子は違う。親切に「四ツ谷だよ」と教えてあげて、相手はお礼も云わずにぼーっとしているのに、「くすっ」と笑えるだけの心の余裕がある。小さくても大人なのだ。自分にも覚えがあるけど、この精神年齢の差って、なんなんだろう。
以前、こんな短歌を見たことがある。

覚えたてのひらがなで書いた「すきです」のお返しはガンダムの絵でした　ほうじ茶

歌に添えられた作者のコメントは「恋という概念が伝わらない…と呆然としました」というものだった。恋よりガンダムか、面白いなあと思って、それから考え込んでしまう。個人的な感覚では、男子の精神年齢が女子に追いつくのは30代後半くらいじゃないかと思うんだけど、どうだろう。友だちの女性にそう云ったら、「え、一生追いつかないでしょう」と返されたこともあったけど。

逆効果

先日、ぼんやりとインターネットを眺めていた時のこと。こんなツイートが目に飛び込んできた。

「家の近所に日本一動線の悪いコンビニがある。めちゃくちゃ動きにくく、どこに何があるのかわからず、何回ぐるぐるしても買い物が終わらない」

へええ、と思う。そんなコンビニがあるのか。個人の商店なら、そういう店は珍しくないだろう。でも、コンビニって、基本的にどこでも似たような作りだと思っていた。使い勝手の良さを徹底的に追求した結果、あの形になっているんじゃないのか。その証拠に、ライバルの店同士でも、大体おんなじようなシステムになっているではないか。

それなのに、である。先のツイートに拠《よ》れば、その店は特別らしい。「日本一動線が悪い」とまで断言されると、逆に興味が湧く。そんな地獄みたいなコンビニ、覗いてみたい。毎日行くのは嫌だけど、一度くらいなら入ってみて、どんなに凄いのか味わってみたい。

と書きながら、思い出したことがある。十数年前、或る新聞社の書評委員会の席上で、私は自分の割り当ての本について、こんな感想を述べた。

「今回の担当の本は残念ながら外れでした。とても書評には値しません。テーマ、キャラクター、話の流れから結末に至るまでめちゃくちゃで、読んでる間中ずっと『?』という気持ちでした。個人的に、ここ10年で最悪の一冊です」

だが、同席した人々の反応は意外なものだった。「へえ、そんなに!」「ここ10年で最悪ですか」「なかなかそこまでの本はないよね」「ヤバそうですね」「興味が湧きました」

みんな、妙に嬉しそうなのだ。おいおい、と思う。それまでに、同じ席上で私が褒めたどの本よりも、読んでみたいという声が高いじゃないか。

ぎりぎりわからない

妻がウォーキングを始めた。毎朝、5時に起きてちょっと離れた公園までの往復ルートを歩いているようだ。それより時間が遅くなると、暑くてとても無理らしい。

「がんばって偉いね」と云ったら、こんな言葉が返ってきた。

「全然だよ。まだ始めて1週間だもん」

「でも、公園までけっこう遠いでしょう」

「みんなはもっと凄いよ。歩くスピードも速いし、走ってる人もたくさんいるから」

「へえ、そうなんだ」

「そうだよ！　あたしなんか、梅だよ」

一瞬、「うめ？」となって、それから、ぼんやりと何かが浮かび上がってくる。「うめ」→「梅」→「松竹梅の梅」。なるほどね。しかし、お鮨《すし》とか鰻《うなぎ》ならともかく、ウォーキングに松竹梅って不思議な感じだ。普通はこう、ビギナーとかマスターとか……。でも、妻は当然のような顔をしている。云いたいことが、ぎりぎりわかってよかったよ。

また別の日の話。テレビで高校女子サッカーの試合を見ていた時のこと。一人の選手が接触プレーによって負傷してしまった。顔に手を当てながらベンチに下がってゆく。

「どうしたの？」と妻が云った。

「鼻血が出ちゃったみたい」

その間にも、試合は進んでゆく。彼女のチームは一人少ない状態での戦いを強いられる。

「さっきの子、まだ出られないのかな」

「ルールで完全に血が止まるまでピッチに戻れないんだよ」

「かわいそう。焦るよね」

「うん」

ベンチから不安そうに戦況を見つめる選手の表情が映し出された時、妻が云った。

「鼻血が出やすそうな鼻だもんね」

「？」と思う。うーん、こっちは、ぎりぎり意味がわからないなあ。

妻の自由研究

夏が終わる。「あつい」って何回云ったかわからないくらい暑くて大変だったのに、蝉たちの声が小さくなってくると、なんだかさみしい気持ちになってしまう。すべてが切ない。でも、子どもの頃は、もっと切実だった。新学期が始まるのに全然宿題が終わってない。どうしよう。半泣きだ。そんなことを思い出しながら、妻に尋ねてみた。

「夏休みの宿題、ちゃんとやってた？」

「ううん。今頃は毎年パニックだった」

やっぱりそうなるよなあ。どうやって切り抜けたか、もう思い出せない。「夏休みの友」的な宿題帳のほかに、絵日記とか自由研究とかもあったのに。

「自由研究ってあった？」

「あったよ」

「どんなことしたの？」

「うーん、『ナメクジは何で溶けるか』とか」

「え！　どういうこと？」

「ナメクジは塩で溶けるっていうのはよく知られてるけど、他のものではどうかなと思って試したの」

「他のものって？」

「砂糖、醬油、酢、水、ソース、味噌、ケチャップなど」

びっくりした。なんというか、凄く調味料じゃないか。ナメクジにケチャップって、どうなんだろう。

「で、どうだった？」

「だいたい溶けるよ」

「へええ」

「溶ける。溶ける。溶ける。って表に書いたもん。今から考えると、ほとんどの調味料には塩分があるからだね」

うーん、と思う。なんて独創的な自由研究なんだろう。私はといえばカブトムシの観察日記とかヒマワリの観察日記とか、平凡なものしか思いつかなかった。感心して妻の顔を見る。と、彼女は何かを思い出すように頷きながら云った。

「気持ち悪い研究だったな」

父の誕生会

父の誕生会を企画した。今年で88歳、米寿のお祝いである。「お父さんはどんなケーキが好き？」と妻に訊かれて答えに詰まる。わからない。父がケーキを食べているところを見た記憶がないのだ。昔からの好物といえばネギヌタやホヤ……、でも、そんな雰囲気のケーキはないだろう。

「普通のケーキでいいんじゃないかな」

「ローソク立てるよね」

「うん」

88本は無理だから、代わりに大きいのを8本と小さいのを8本……、いや、それでも合計16本になっちゃうのか。凄いな米寿って。

「数字の形のローソクがあるよね。その8を2本でいいんじゃない？」

あ、そんなのがあるのか。よかった。それなら大丈夫。

当日、父の前に火の点《つ》いたケーキを運んだ時、動揺したのがわかった。

「ありがとう！　こんなの、生まれて初めてだよ」

えっと思う。そうだっけ。そういえば、母が生きていた時はケーキの代わりにお酒をプレゼントみたいな感じだったかもしれない。近年は外のお店で食べていた。でも、こんなに喜んでくれるなら、もっと早くすればよかった、と申し訳ない気持ちになる。

一気にローソクを吹き消して、「よし、じゃあ、お礼に一曲歌うよ」と父は云った。そのまま立ち上がって大きな声で歌い始める。ところが、何を歌ってるのかまったくわからない。奇妙なメロディーに意味不明な歌詞。思わず不安になる。大丈夫か。これは、なんか、やばいんじゃないか。歌い終わった父におそるおそる尋ねてみた。

「何の歌？」

「ドイツの炭鉱の歌だよ」

ほっとする。なんだ、そうか、ドイツ語だったのか。父は若い頃、向こうの鉱山に留学していたのだ。

「歌詞の内容は？」

「今日も皆さんどうかご無事で。炭鉱だからね」

忘れてしまう

今年の夏、箱根の登山鉄道に乗った時のこと。それは古い電車で冷房がなかった。今どき珍しい。でも、大丈夫。全開の窓から風が入ってくる。気持ちいいなあ。と、不意に首筋に何かを感じた。もぞもぞ動いている。隣の妻に尋ねてみる。

「僕の首になんかいない？」

「あ、バッタ！」

おそるおそる伸ばした妻の手を逃れて、バッタは車窓に飛び移った。

「きれいな緑色」

「まだ若いのかな」

私は小さなバッタをそっと手の中に包んで、窓から外へ逃がした。バイバイ。

その時、ふと妙な気持ちに襲われた。

「今日、首にバッタが止まったこと、いつか忘れちゃうのかな」

何故、そんなことを云ったのか、自分でもよくわからない。唐突な言葉に、妻もきょとんとしている。

やはり、と心の中で思う。そうなんだろうな。首にバッタが止まったことも、きれいな緑色も、窓から逃がしたことも、いや、もしかしたら、とても長い時間が経ったら、今日、登山電車に乗ったことさえ忘れてしまうのかもしれない。

そう思ったとたん、近くの家族連れの表情や窓から見える樹々がきらきらと目に迫ってきた。この景色を、この時間を、僕はきっと忘れてしまうだろう。

その時、妻が云った。

「忘れちゃうだろうね。でも、さっきの子がスズメバチで、刺されていたら、きっと忘れないだろうね」

ずっと考えていたらしい。その言葉を聞いて、うーん、と思う。それは、そうだろうなあ。登山電車でスズメバチに首を刺されたら、一生忘れないよ。じゃあ、でも、やっぱり、バッタでよかったかな。


永遠に忘れてしまう一日にレモン石鹼泡立てている　　東直子

髭は髭を見る

散歩の途中で犬を連れた人と擦れ違うことがある。可愛いな、と思って見つめても、犬たちは見つめ返してくれない。さみしい気持ちになる。でも、そこに別の犬が通りかかると様子が一変する。お互いに尻尾を振ったり吠《ほ》えたり。うーん、やっぱり犬は犬を見るんだなあ。

という話をしたところ、「猫は猫を見るよ」と猫好きの友人が教えてくれた。窓の外を野良猫が通りかかると、その家の猫は硝子《ガラス》越しにでも強い関心や、時には敵意を示すらしい。

そういえば、と思う。子どもも子どもを見るもんな。電車の中などで、小さな子どもがもっと小さな子どもをじっと見て、「赤ちゃん」と云ってることがある。君もほぼ赤ちゃんじゃん、と思ってなんだか面白い。動物であれ人間であれ、すべての生き物はまず同族に関心を示す、ということだろうか。

このルールは、より細かい次元でも成立すると思う。例えば、髭《ひげ》は髭を見る。それに気づいたのは、10年ほど前に、思い立って自分も髭を生やしてみた時のことである。

少し伸びてくると、ときおり同性からの視線を感じるようになった。それまでに経験のなかったことだ。ん？　と思ってそちらを見ると、相手も必ず髭なのだ。でも、熱く見つめられることはない。すぐに視線を外されてしまった。

たぶん、鑑賞に堪えない、もしくは、自分の敵じゃないな、と思われてしまったのだろう。私は体質的に薄くて、ちょぼちょぼ程度しか生えなかったのだ。すみませんね、期待に応えられなくて。

数年間、髭の世界でがんばってみたのだが、なかなか濃くならない。とうとう、諦めて剃《そ》ってしまった。すると、髭からの視線を感じることはなくなった。私は圏外になったのだ。ほっとしたような、さみしいような、妙な気持ちである。

長い後悔

大学に入った春のこと。私は英文科の同級生たちとともに、購買部に新しい英和辞典を買いに行った。英語が得意な女子のアドバイスに従って、みんなでお揃いの辞書にした。ずっしりと重い手応えは、高校までのそれとはまったく違っていて、大学生になったんだなあ、という気持ちが湧いてきた。

ところが、その帰り道、みんなでキャンパスを歩いていると、突然、ばらばらと雨が降ってきた。

「きゃー」

「わー」

女子たちは口々に叫びながら、買いたての辞書を抱えて守ろうとした。

「ははははは」

私は何故か余裕を見せて、笑いながらゆっくりと歩いた。

「たいへん、濡《ぬ》れちゃうよ」

「早く、早く」

みんなはいっせいに校舎の中に逃げ込んだ。その姿を見て、可愛いなあ、と思いながら、私はゆうゆうと歩いていた。

「はははは」

そんな自分が、なんとなく恰好良いようなつもりだった。

だが、そのせいで辞書はすっかり濡れてしまった。なんて馬鹿《ばか》だったんだろう。私は辞書を濡らすということの意味が、まるでわかっていなかったのだ。

辞書に使われている紙は特別薄くて、普通の本とは違っている。また、一回読んだらそれで終わり、ということはない。何度も何度も、繰り返し引き続けるものなのだ。濡れて歪《ゆが》んだ辞書は、とても扱いにくかった。しかも、我々は英文科である。毎日それを使うのだ。

大学の4年間、辞書を引くたびに苛々《いらいら》しながら後悔した。あの時、濡らさなければ。

「はははは」って、一人で恰好つけてる場合じゃなかった。そんな私を見ている人なんて誰もいないのに。もっと真剣に大切な辞書を守ればよかった。

私の隣

私は電車に座っていた。駅に着く。ドアが開く。人が乗ってくる。乗ってきた女性の目が素早く左右に動く。座れる場所を探しているのだ。空席は二つ。一つは会社員っぽい男性の隣。もう一つは私の隣だ。

一瞬の迷いの後、女性は会社員っぽい男性の横に座った。やっぱりな、と思う。必ずそうなるのだ。私の隣の席は何故か最後まで空いている。最初はラッキーと思っていた。だって、ゆったりできるから。新たに乗ってきた人に対して、「向こうに座って」とテレパシーを送ったこともある。

でも、あまりにも毎回望み通りになるので、だんだん不安になってきた。今回のように2択の場合、もう一つの席が大柄な男性の隣でも、何故か乗ってきた人はそちらを選ぶ。あんなに狭いのに、とショックを受ける。

私に何か問題があるのだろうか。脚を広げて座っているわけでもない。服装だってごく普通だ。でも、駄目なのだ。どんなに脚を揃えて鞄《かばん》を抱いて小さくなっていても、避けられてしまう。心の中で「ようこそ電車へ。こちらへどうぞ」と歓迎していても、私の隣には座って貰えない。

もしかして、変な匂いでもしているのかなあ。そう思って、妻や友人に確認しても、特に感じないとのこと。でも、じゃあ、どうしてなんだろう。

私は想像する。立ち上がって、さっきの女性の元に行く。そして、尋ねるのだ。

「あの、すみません、あなたが乗ってきた時、空席が二つあったと思うのですが、どうしてそちらに座ったのですか」

無理だよなあ。そんなことしたら、完全に危ない人になってしまう。

結局、理由はわからないまま。いつか最終決戦が行われる日が来るだろう。電車で移動中の悪役覆面レスラーの隣か、それとも私の隣か。

溶け込みたい

地方都市の高校で講演をした時のこと。待ち時間に若い男の先生と話をした。

「いい町ですね」

「ええ、暮らすには最高の環境です。でも、時々、東京に出たくなりますね」

「遊びに？」

「いえ、何をするわけでもなく。ただ、誰も自分のことを知らないところに行きたくなるんです」

なるほどなあ、と思う。この小さな町にいる限り、その願いは叶わないだろう。

「わかる気がします」

「ええ、女性と車に乗っているだけで噂《うわさ》になっちゃうし、コンビニのレジにも生徒が立ってたりしますから」

「プライベートの時間も『先生』なんですね」

「だから、わざわざ東京で一泊して、ラーメン屋のハシゴをして帰ってきたりします。それだけでリフレッシュできるんです。この町でもラーメンは食べられるけど、ぜんぜん気分が違うんですよ」

東京では無数の人間の中に紛れることができる。心から自由になれるんだろう。

インターネットでも似たようなことがある。「あなたのマンション、今なら高く売れます！」みたいなメールが来ると妙に安心する。だって、私はマンションなんて持っていないのだ。うちは賃貸で猫も飼えないのに、メールの送り主はそのことを知らないのだ。「久しぶり！　タツヤだよ、元気？」みたいなメールが来ることもある。ほっとする。「タツヤ」は私のことを若い女性だと思っているのだ。僕はおじさんだよ。

或る日、「短歌を作るのに最適な辞書あります！」みたいなメールが届いたら、どんなに怖ろしいだろう。短歌をやってるってバレてる！　私は都会やインターネットの海の中にひっそりと溶け込んでいたいのだ。

朝まだき老女の古い携帯に援交いかがのメール来　楽しも

波多野千津子

憧れを買う

去年の夏、吉祥寺の洋服屋さんに行った時のこと。緑色の半ズボン（５８００円税抜き）を眺めていたら、不意に後ろから声をかけられた。

「そのまま海に入っても大丈夫な素材です」

振り向くと、女性の店員さんがにっこりした。うーん、と思う。この半ズボン、そのまま海に入れるのか……。

「ください」

思わず、そう口走っていた。

水着の上にパーカーを羽織ったり短パンを穿いたりしただけの若者たちが、きらきらと自転車に乗っている。その前カゴには一冊の文庫本。海辺の街を舞台にした青春映画のような光景に昔から憧れていた。

店員さんの絶妙な一言が、そんな私の心を射抜いたのである。この半ズボンを穿くことによって、自分も登場人物の一人になれるような、幻の青春が手に入るような気持ちになったのだ。私はうっとりしながら紙袋を抱えて電車に乗った。

だが、家に帰ってからよく考えてみると、私の住む沿線に海なんてないのだ。自宅のある駅はもちろん、隣町の吉祥寺だって井の頭公園の池があるだけだ。亀だらけのその池に、半ズボンのおじさんがざぶざぶ入っていったら、きらきらした青春どころか、亀を食べる気ですか的な危ない光景である。

でも、まあいい。普通に町で穿けばいいのだから、と自分を納得させた。ところが、「そのまま海に入っても大丈夫な素材」は撥水《はっすい》加工によってごわごわしている。着心地が良くない。結局、緑の半ズボンはほとんど穿かれないまま放置されてしまった。

私の買い物はいつもこのパターンだ。実用性よりも脳内のイメージに惹かれて衝動買い。だから失敗する。でも、後悔はしていない。憧れを買った、と思えばいいのだ。私の部屋には、きらきらした憧れの残骸が幾つも転がっている。

凄いサービス

去年の12月に「しずおか連詩の会」というイベントに参加した。詩人や歌人が集まって、順番に短い詩を繋《つな》げてゆき、共同作品として一つの連詩を完成させるというものだ。そのために数日間、全員が同じ部屋にこもって作業に没頭することになる。それは慌ただしい日常から離れて、ひたすら詩のことだけを考える贅沢《ぜいたく》な時間である。

今回のメンバーは野村喜和夫さん、中本道代さん、覚和歌子さん、岡本啓さん、それに私の5名。野村さん以外は初対面だが、気さくな方ばかりでほっとした。

詩を作るための部屋は、見晴らしのいい会議室である。机の上には、鉛筆、消しゴム、紙、鉛筆削りが揃えられている。

壁際には休憩コーナーがあって、珈琲、紅茶、緑茶、ハーブティーといった飲み物からさまざまなお菓子、さらには栄養ドリンクまで置かれている。至れり尽くせりだなあ、と眺めていると、その中に奇妙なものが混ざっていることに気がついた。生の生姜のチューブである。お刺身とかを食べる時に使うあれだ。でも、さすがにその横にカツオのタタキがあるわけではない。不思議に思って、スタッフの方に尋ねてみた。

「あの、これは何ですか」

「あ、生の生姜のチューブです」

「そうみたいですね。何に使うんでしょう?」

「はい。ティーバッグのジンジャーティーが置いてあるのですが、生姜を増量したい時のためにと思って」

へえええ、と感心する。つまり、トッピングというか追い生姜用ってことか。なんて凄いサービスなんだろう。普通はそんなこと思いつかないよ。生姜好きの私は嬉しくなって、早速試してみた。ジンジャーティーを淹れて、その上から生姜をぽとん。くるくる掻き回してゆっくり飲んでみる。うーん、染みる。体の芯からぽかぽか温まってくるようだ。

幼稚園のカルタ

自宅から最寄り駅へと向かう途中に幼稚園がある。その掲示板には、いつも園児たちが手がけたらしい絵画や工作が貼り出されていて、それを見るのを楽しみにしている。先日はカルタだった。絵札と読み札が作られていた。

「つみきであそぼ」

その絵札には散らばった積み木が描かれている。「あそぼ」と云いつつ、人間の姿がないところが恰好いい。

「おとまりかいたのしいな」

こちらはみんなで楽しそうに遊んでいる絵。声が聞こえてきそうだ。それにしても、最近の園児は皆ちゃんと文字が書けるんだなあ。

私も平仮名が書けた。と、不意に自分が幼稚園の時のことを思い出す。当時としては珍しかったのだろう。母親はそれで自分の子どもが賢いと思い込んでしまった。ところが、私には秘密があった。平仮名は書けたけど、左右という概念、つまりどっちが右でどっちが左か、わからなかったのである。幼心にも、そのことを誰にも知られてはいけない、と感じていた。

だが、或る日とうとうバレてしまった。しかも母親に。「お父さーん！」と彼女は叫んだ。「たいへんたいへん。この子、右がどっちかわからないの！」。私は目の前が真っ暗になった。もう駄目だ。すべては終わった。

今、思い出しても自分が可哀想になる。まだ幼稚園なのに「すべては終わった」と思うなんて。でも、子どもの絶望は純度が高いものだ。あの時パニックになった母は今はもういない。私も右と左がわかる。五十数年後の未来に自分は立っている。

「すべりだいまっすぐきゅうこうか」

言葉のリズムがいい。急降下って感じが出てるよ。

「こままわしくうちゅうおわんのせがんばろう」

なんか凄いぞ。「コマ回し空中お椀乗せがんばろう」か。一体どんな技なんだろう。

「そばつるつるつる」

最高だ。

指名手配のそっくりさん

数年前の或る日のこと。外出から帰ってきた妻が、こんなことを云い出した。

「さっき指名手配の犯人にそっくりな人を見たよ」

ひどく興奮した様子である。

「え、どこで？」

「電車の中」

「指名手配って何の？」

「ほら、あの……」

その事件のことは私も憶えていた。大きなニュースになった殺人事件だ。

「ああ。確か、逃げてる人はすごく特徴のある顔だよね。けっこうイケメンというか」

「うん。だから、気づいたの。で、じーっと見てたら顔を隠そうとするの」

「へえ」

「危ないから見ちゃ駄目だ、と思って。でも、つい目が吸い寄せられちゃうの。と、向こうはもじもじして、どんどん俯いて……」

うーん、と思う。でも、それは本物の犯人じゃなくてそっくりさんの場合でも同じ反応になるんじゃないか。

心の中で「ちがうんだ。俺は犯人じゃない。そっくりさんなんだ」と思っていても、電車でじっと見つめてくるだけの相手に、わざわざ自分からそう釈明するわけにもいかないだろう。

「うん。あたしもね、そうかもな、と思ったんだけど。でも、こっちから先に『指名手配のそっくりさんですか』って訊くのも変だよね」

それは変だよ。

数か月後、その事件の犯人は捕まった。我々の生活圏とはまったく別の、遠い場所に隠れていたらしい。ということは、妻が見たのはやはりそっくりさんだったんだろう。変なプレッシャーをかけてしまって申し訳ないことだった。考えてみると、本人なら必ず変装をするだろうから、手配写真にそっくりってことは本人じゃなくてそっくりさんなのだ。

でも、今も何かの拍子に妻はぽつりと呟くことがある。

「あの人はあの人じゃなかったのかなあ」

蹴られた記憶

人を殴らないまま、一生を終えそうだ。もちろん蹴ったこともない。殴るとか蹴るってどんな感じなんだろう。別に試したいわけじゃないけど、ふと考えることがある。私が誰かを殴ったら、なんとなく自分の指の骨を折ったりしそうだ。

一方、やられる方はどうかと云うと、誰かに殴られた記憶もない。でも、蹴られたことはある。一回は中学校の時。学校行事の映画鑑賞会に遅刻したのだ。一緒に遅れた友だちと映画館の床に正座させられた。

怖ろしいことで有名な体育の教師が、手にした竹刀をゆらゆら揺らして近づいてきたので、くるぞくるぞと思いながら、その動きを目で追っていたら、いきなり蹴りが飛んできた。「痛い！」じゃなくて「ずるい！」と叫びそうになる。竹刀ゆらゆらからの蹴りってフェイントかよ。

それにしても、今思えばあの先生、わざわざ映画館にまで愛用の竹刀を持ってきてたんだなあ。昭和ってめちゃくちゃな時代だよ。

もう一回は、高校生の時。昼寝をしている父に近づいて、何気なく足の裏をこちょこちょとくすぐったら、「ひい」という叫び声とともに思いっきり顔を蹴られてしまった。反射的な本気のキックである。目の前にチカチカと星が飛んだ。

寝ぼけた父はわけがわからないまま謝っていたけど、どう考えてもこちらが悪いのだ。そもそも何故そんなことをしようと思ったのか。面白いような気がしたのか。高校生にもなって阿呆《あほ》すぎる。やるにしても、もっと安全にできただろうに。

冗談とか悪ふざけにもセンスってものが要ると思う。というか、常識から外れる行為にこそ、デリケートな感覚が求められるんじゃないか。私には決定的にそれが欠けている。あの時、鼻が折れなくてよかったよ。お医者さんに理由を説明するのが恥ずかしいから。

散歩の日

新型コロナウイルス騒ぎのせいで、普段よりも家に閉じこもりがちになってしまった。なんだか気持ちが塞ぐので、せめて散歩くらいしようと思って家を出た。日差しが暖かく、風も柔らかい。春の近さを感じて嬉しくなる。さて、どっちへ行こうかな。

歩き出してしばらくすると、向こうからおじいさんと柴犬がやってきた。ゆっくりゆっくり進んでいる。どうやら犬のほうもけっこうな高齢らしい。おじいさんが犬のペースに合わせているのか、その逆なのか。犬は時折おじいさんの顔を見上げ、おじいさんはうんうんと頷いている。仲良しだ。

すれ違う時、犬が手編みっぽいセーターを着ていることに気がついた。背中の部分に丸い模様が入っている。これは……、ボールだ。たぶん、若い頃、この子はボール遊びが好きだったんだろう。飼い主が投げたボールをくわえて、元気に駆け戻ってくる姿を想像する。

今はゆっくりしか歩けないけど、家族に愛されてることがわかる。でも、もちろん犬自身は自分が手編みの、しかもボール柄のセーターを着ていることを知らない。そこにぐっとくる。

セーター犬と別れて少し行ったところで、路地の奥からひゅんひゅん音が聞こえてきた。見ると小学生くらいの女の子が縄跳びをしている。ひゅんひゅん、ひゅんひゅん、ひゅんひゅん、何度も二重跳びを繰り返してから、三重跳びに挑戦。ひゅんひゅんひゅ、ああ、失敗だ。

家の中からお母さんらしい女の人が出てきた。

「2回転半できたよ！」

女の子はそう云った。いや、縄跳びに「半」とかないだろう、と思いつつ、微笑ましい気持ちになる。

その時、お母さんが顔を上げて「あ」と云った。つられて見上げると、一匹の鴉《からす》が屋根を歩いていた。嘴《くちばし》に何か光るものをくわえている。眼鏡だ。

田舎のおばあちゃんの家

「ああ、あの時は悪いことをした」

突然、妻が呟いた。不思議に思って尋ねてみる。

「どうしたの？」

「子どもの頃、夏休みのたびにおばあちゃんの家に遊びに行ってたの」

「うん」

「お母さんがいつも『田舎のおばあちゃんの家に行くよ』って云うから……」

「うん」

「そういうものだと思って、私も『田舎のおばあちゃん、こんにちは』って……」

「本人に向かって？」

「うん」

別に悪気はないし可愛い孫のことだし、おばあちゃんはきっと気にしないよ、と慰めてみた。でも、妻は首を振っている。

「それだけじゃなくて……」

「まだあるの？」

「そこのお嫁さんのことを『田舎のおばさん』って……」

「本人に？」

「うん」

「呼びかけるたびに？」

「うん。だって『田舎のおばあちゃん家のおばさん』だから」

「ああ」

子どもの中では何の疑問もなかったんだろう。でも、本人にしたら、毎回そう呼ばれたら嬉しくはないよなあ。

「きっと、嫌だったろうね」

「まあね」

「だよね」

「でも、気づかなかったんだから仕方ないよ」

「田舎って本当は実家って意味だったんだね。ああ、どうしてお母さんはちゃんと教えてくれなかったんだろう。せめて地名で呼んでくれれば……」

妻の反省は続く。おばあちゃんもおばさんも、もうこの世にいない春のことである。

猫で満員の電車

　友だちの家に遊びに行った時のこと。そこには一匹の猫がいた。すらっとした美形で人懐っこくて、初対面の私ともいっしょに遊んでくれた。猫に飢えている私はうれしくて夢中になってしまう。それを見た飼い主が笑いながら云った。

「ほむらさん、変な声が出てるよ」

「え、そう？」

「猫撫で声ってほんとにあるんだね」

「だって、この子があんまり可愛いから」

「ありがとう。でも、もう10歳だから人間でいったら50過ぎのおじさんだよ」

　えっ、と思う。嘘。この子、雄なの？　しかも私と同世代。うーん。てっきり美少女だと思ってた。おじさんなのにこんなに可愛いとは、猫ってなんて凄いんだろう。

　その時、不意に妙なことを思いついた。

「あのさ。もしも人間のおじさんもこれくらい可愛かったらどうだろう？」

友だちは噴き出した。

「人間のおじさんが？　全員？　この子みたいなの？」

「うん」

「もし、そうだったら、朝の満員電車もぜんぜん嫌じゃなくなるね」

私はいろいろな猫たちでいっぱいの電車を想像する。茶トラ、キジトラ、サバトラ、ハチワレ、白、黒、三毛……。

「ほんとだね。むしろ乗りたいよ」

「うん」

「うきうきして、もしも自分が座っていたら、『よかったらお膝の上にどうぞ』って云いたくなる」

「あはは。おじさんの上におじさんが座るんだね」

「そういうことになるね」

あれこれ云いながら盛り上がった。そんな私たちを猫が不思議そうな顔で見つめている。

可愛いおじさんだ。

マスクの話

新型コロナウイルスのせいで家にこもりがちだ。もともとインドアなタイプだけど、さすがに気持ちが沈んでしまう。

そんな4月の或る日のこと。友人のSさんという女性から久しぶりにメールが届いた。

「今日、たまたま入ったお店に幸運なことにマスクが置いてありました。よかったらお分けしたいと思って」

私もドラッグストアに入るたびに気にしてはいたけど、マスクは見かけない頃だった。親切だなあ、と思いながら返信した。

「よかったですね。お気遣いありがとうございます。何枚くらい買えたの？」

「20枚です」

えっ、と動揺した。それから、もしも自分だったら、と考える。20枚なら絶対に他人に分けたりしないと思う。身近に困っている人がいたら手渡しするかもしれないけど、遠くにいる友人に自分からわざわざメールするのは１００枚、いや、２００枚くらい入手できた時じゃないか。だって、今の危うい状況はいつまで続くかわからない。まったく先が見えないのだから。

でも、Sさんは違うのだ。凄いなあ、と思う。こういう時って、言動によって一人一人の心が可視化されてしまうから怖い。20枚と200枚、Sさんと私とでは10倍も違うことになる。人間の心をマスクで計るなんて単純すぎるかもしれないけど、だからこそ見えてしまうこともあるんじゃないか。

「それはとてももらえないよ。ご家族で使ってね。どうもありがとう」

慌ててそう返信したけど、恥ずかしいような、気持ちがいいような、不思議な感覚が後に残った。自分がそうじゃなくても、この世に優しい人がいることを知っただけで嬉しい。でも、Sさんは自分が優しいってことに全然気づいてないんだろうなあ。

二つのやばい記憶

思い出すたびに「ああっ！」と顔を覆いたくなるような、恥ずかしい出来事がある。あの時、なんであんなことを云ってしまったんだろう。どうしてあんなことをやってしまったのか。

一つは高校生の時のこと。当時は、家の黒電話で天気予報や時刻を問い合わせる機会が今よりも多かった。電話番号１７７が天気予報、１１７が時報である。そんな或る日、私は休み時間の教室で何気なく云った。

「１１７の時報を録音した時、声を担当したお姉さんは大変だったろうね」

友人たちは「？」という顔になる。私はさらに云った。

「だって、『只今から9時59分40秒をお知らせします。只今から9時59分50秒をお知らせします。只今から10時丁度をお知らせします……』って、一日中ずーっとだろう？」

友人たちは顔を見合わせている。私は気づかずに続けた。

「大変だよ。その間、御飯も食べられないし、トイレなんてどうするんだろう」

そこで爆笑されてしまった。時報の音声はきっと「只今から」「○時」「○分」「○秒」「丁度」「をお知らせします」といったパーツ毎《ごと》に録音して組み合わせたものだろう。なのに、何故か私は「声のお姉さん」がマイクに向かって24時間吹き込み続けたものと信じ込んでいたのだ。

もう一つは半年ほど前に銀行に行った時のこと。窓口で印鑑を出そうとしたのだが、小さな朱肉付きのケースから中身を引っ張り出すことができなくなってしまった。指は入らないし、つるつる滑るし、窓口の女性はじっと待っている。パニックになった私は咄嗟《とっさ》にケースを口に入れて噛み割ってしまった。吐き出したプラスチックの破片の中から印鑑をつまんで「はい」と差し出した時、女性は獣を見る目で私を見ていた。

素敵と快適

近所の公園を散歩した時のこと。池のほとりに若いカップルが座っていた。大きな樹《き》に仲良くもたれて本を読んでいる。いいなあ、楽しそうだなあ、と羨ましくなった。

翌週、妻と一緒に同じ公園の池を巡りながら、その光景をふと思い出した。

「こないだ、あの樹の下に座って恋人たちが本を読んでたんだよ」

「そうなんだ」

「きらきらしてたよ」

「じゃ、やってみる？」

そう云われて、同じ場所に座りにいった。よいしょと腰を下ろして、そろそろと樹の幹にもたれる。

「どう？」と妻に尋ねてみる。

「うん」

「……」

「……いい感じだけど、背中がちょっと痛いね」

「うん。ごつごつしてる」

「あと、けっこう地面が傾斜してて」

「落ち着かないね」

結局、立ち上がって近くのベンチに移動した。ああ、やっぱり座りやすい。ゆったりと本が読めるよ。

「ほんとは樹の下の方がいいんだけどね」

「うん。ベンチは快適だけど素敵ではないよね」

そうか、と思う。快適と素敵って違うんだ。ベンチがあっても敢えて樹の下に座るってところが恋人っぽいんだな。そこに二人だけの世界ができるから。

一方、ベンチはみんなが座るための場所だから便利だけど特別感はない。どちらを選ぶか、その違いが、つまりは若い恋人たちと中年夫婦の違いってことになるのか。

じゃあ、と私は考える。最初は樹の下できらきら感を味わって、それからベンチに移動してゆったりと本を読んだらどうだろう。素敵と快適のハーフ&ハーフというか……、そういうパスタを見たことがある。

やらずにはいられない「儀式」

テニスの試合をテレビで見ていた時のこと。一人の選手がサーブを打つ前にしきりに顔のあちこちを触っている。その儀式を一通り済ませないと、プレーに入れないようだ。

「あれをやらないとサーブが打てないのかな」と私は云った。

「うん。彼のルーチンなんだね」と妻が云った。

「相手はやりにくいだろうね」

「時間がかかるからタイムバイオレーションの反則を取られることもあるみたいだよ」

そのリスクは本人も当然理解しているだろう。それでも、やらずにはいられないのだ。

その気持ちはわかる。自分にも昔そういう癖があったからだ。私の場合はポストだった。郵便物を投函《とうかん》した後で、ポストの裏側に回ったり足元を見たりするのである。ちゃんと入ったかどうか確認するためだ。自分の手で投函したものが、そんなところにあるはずがない。頭ではそう理解している。でも、どうしてもやらずにはいられない。安心のための儀式なのだ。

「あの選手のルーチンを止めさせることはできない。でも、縮めることはできるよ」と私は云った。

「どうするの？」と妻が云った。

「ラケットをくるっと回せばいいんだ」

「どういうこと？」

「チベット仏教にマニ車っていう仏具があるでしょう？」

「うん。それを一度回すとお経を一度唱えたことになるっていう……、そうか、ラケットをマニ車に見立てるんだ！」

「そう。これを一度回したら一通りのルーチンを済ませたことになる、と自分自身に暗示をかけるんだ」

いいアイデアだ、と我々は喜んだ。が、残念ながらそれを選手に伝える方法がない。そのためテレビで見かける彼は、今もサーブのたびに顔を触っているようだ。

猫と鴉と妻

夜、野良猫が目の前を横切った。あ、と思って近づいたけど駐車場の奥に隠れてしまった。覗いてもよくわからない。その時、妻が鳴き真似をした。

「にゃー」

すると、なんと返事がきたではないか。

「にゃあ」

張り切って妻が鳴き返す。

「にゃー」

「にゃあ」

「にゃー」

「にゃあ」

姿は見えないけど、猫とコミュニケーションが取れている。すっかり嬉しくなった。

次の日、家の前の樹で鴉が鳴いていた。

「カア、カア、カア」

その時、妻が鳴き真似をした。

「カー」

昨晩猫と話せたことで自信がついたらしい。でも、返事はこない。だいぶ経ってから、
また「カア、カア、カア」と声が降ってきた。

妻が再挑戦する。

「カー」

だが、沈黙。なんとなく鴉はムッとしているようだ。

「猫とは話せたのに」と妻が云った。

「うん、鴉は自分の言葉を真似されるのが嫌いなのかもね」

「関西の人みたいに？」

一瞬、「？」と思う。でも、意味はわかった。昔、関西で講演をした時のこと。終了後に回収したアンケートの中に「内容はよかったけど、変な関西弁を使わないでください」というのがあったことを思い出した。ショックだった。自分の話になんちゃって関西弁が混ざっていることを意識していなかったのだ。次からは気をつけよう、と思った。そんな回想に浸る私の前で妻も考えている。

「じゃあ、『鴉さん、こんにちは』と呼びかけたほうがいいのかな。堂々と人間の言葉で」

夢ではずっと会社員

会社の夢を見た。目覚めて、またかと思う。勤めていた会社を中途退職して20年近く経つのに、いまだにしょっちゅう魘《うな》されてしまう。仕事の夢ならまだいい。でも、今日見たのは、タイムカードを押して家に帰りたいのに会社の戸締まりの仕方がわからなくて苦しむ、という夢だった。もうこのまま帰っちゃおうかな、でも、もし泥棒に入られたら自分の責任になる、と悩むのだ。実に阿呆らしい。

戸締まりができずに絶望していたのは、会社員時代の若い自分ではなく現在の私だった。いつもそうなのだ。不思議なことに夢の中でもちゃんと齢《とし》を取っている。ということは、現実の私が会社を辞めた後も、もう一人の私はずっと夢の中で会社員として働き続けていたのだろうか。なんだか嫌だなあ。

学生時代の夢を見る時は、周囲の友だちも自分も当時の姿のままである。それなのに、どうして会社の夢では違うのだろう。心の奥で自分が退職したことを理解できていないのか。成仏できない幽霊のように。

数か月前に見た夢では、真剣に退職金の計算をしていた。でも、電卓を打つ指がつるつる滑ってしまう。何度やり直しても結果が合わない。目に汗が入る。いったいいくらなんだ、と焦りまくって目が覚めた。虚《むな》しかった。現実の私にはもう退職金なんてないのに。あのまま会社にいたらそろそろ定年か。ということは退職金が貰えるんだな。いったいいいくらになっただろう。という無意識の思いが、そのままに夢に現れたのだろう。なんてスケールが小さいんだ。

どうせお金の夢を見るなら、宝くじが当たるとか徳川の埋蔵金を掘り当てるとかにして欲しい。いや、なんなら宝石泥棒でもいい。夢なのに退職金というのが悲しいではないか。夢なのに退職金。夢なのに戸締まり。どうしてそんなに現実っぽいんだ。

忘れてしまう

口内炎ができている。それだけで、本を読んでもご飯を食べても何をしても楽しくない。なんとなく苛々して、何度も何度も舌先で触ってしまう。まだある。まだある。まだある。まだある。

そんなに急に治らないことはわかっている。でも、確かめることをやめられないのだ。口内炎がなくなるどころか、増えていることすらあって絶望する。痛いなあ。嫌だなあ。口内炎がなかった時の自分が羨ましい。心からそう思う。なんて幸せだったんだろう。

でも、治ったとたんにその気持ちは忘れてしまう。幸せが戻った、と思うのはほんの一瞬。そして、たちまち口内炎がないことが当然になってしまうのだ。

あんなにも熱望した口内炎がない状態。それなのに幸福感が持続しないのはどうしてなんだろう。人間には苦痛を忘れる機能があるからか。それがないと生きていけないのはわかる。でも、幸福感の方は持続してもいいんじゃないか。

もっと単純なパターンもある。夏になるたびに暑さに喘ぎながら、冬の寒さが信じられない、と思うのだ。あんなに厚着をして、それでもまだぶるぶる震えていたなんて。今はパンツ一丁で、こんなに汗をだらだら流しているのに。そして、冬になると今度は逆のことを思う。どうしてそうなるんだろう。

生まれてから今までに、いったい何度の夏と冬を繰り返してきたことか。それなのに新しい季節が来るたびに、いちいちびっくりしてしまうのだ。夏には冬のことが、冬には夏のことが、わからなくなる。あんな季節が本当にあったなんて、とても信じられない。

クリスマスはなんて遠いの……スリーブレスTシャツで川岸を歩けば
正岡豊

年齢が倍になった夢

数人でお茶を飲んでいた時のこと。年下の友人が、こんなことを云い出した。

「昨日、怖い夢を見ちゃった」

「どんな夢？」

「あのね、自分が80歳くらいなの」

「一気に年齢が倍になっちゃったんだ」

「そうなの。で、いろいろなことが思うようにならなくて苦しいの」

そのもどかしさが、とてもリアルだったらしい。夢の中でうまく電話がかけられなかったり、電車に乗れなかったり、走れなかったり、ということは私も経験がある。

でも、一気に歳を取ってしまうというのは珍しいんじゃないか。浦島太郎の玉手箱みたいなものだろうか。想像すると確かに怖そうだ。

「でね、魘されながら目を覚まして、ああ夢か、とほっとしたの」

「うんうん」

「それから、夫に慰めてもらおうとして、その夢のことを話したのね」

「うん。旦那さん、なんだって？」

「『俺いた？』だって」

一瞬、全員がきょとんとしてしまった。

「どういうこと？」

「あたしが80歳になった夢の中に自分はいたか、って云うの」

「あっ、そこか」

「そうなの。思ってもみない質問だったけど、『うーん、見当たらなかった』って正直に答えたら……」

「なんだって？」

「『死んでるんや〜』って」

「あはははは。ショックだったんだ」

悪いと思いつつ、私も笑ってしまった。怖い夢を見た妻を慰めるより先に、まず自分がそこにいたかどうか気にするって面白い。でも、それも一種の愛かもなあ。

みんな体力あるんだね

「体力が落ちたなあ」と友だちが云った。うんうんと私は頷く。ところが、その続きの彼の台詞はこうだった。「若い頃は朝まで遊んで、そのまま会社に行ったもんだけどなあ」

今度は頷けない。どんなに若い頃だって、私にはそんなことは無理だった。一度だけ、オールナイトの映画というものを見たことがあるけど、翌日は夜までこんこんと眠ってしまった。完全に体調が戻るまでに、1週間近くかかった。

「それじゃ、遊べないじゃないか」と友だちが云った。

「大人しく遊ぶんだよ」と私は云った。

ビールをグラスに1杯飲んだだけで、椅子に座っていられないくらいぐったりしてしまう。だから、何軒もハシゴをするという経験がない。ハシゴ酒って言葉が普通にあるのが信じられない。どうしてみんなそんなに体力があるんだろう。

今の私はお酒どころかごはんもやばい。何かの機会に2時間くらいかかるコース料理を食べたりすると、終わった頃はふらふらになっている。ごはんを食べるにも体力がいるのだ。

先日、変な小学生を見た。いっせいに駆け出した仲間たちの後から、一人のろのろ歩きながら、「走るイコール疲れるですよ」と呟いていた。内容もさることながら、云い回しがおじいさんっぽい。私もあんな感じの子どもだったかもしれないなあ。

そう云えば声も小さい。大きな声を出すと疲れるのだ。このところ、「ラジオ深夜便」という番組の「ほむほむのふむふむ」というコーナーに出演しているのだが、「声が小さいから真夜中にはちょうどいいです」とリスナーから褒め（？）られた。


土曜日も遊ぶ日曜日も遊ぶおとなは遊ぶと疲れるらしいね　　平岡あみ

家のどこかに奴がいる

視野の隅に何かいる、と思って焦点を合わせると蜘蛛《くも》である。数ミリ程度の黒っぽい点が壁に張りついている。点の輪郭がぼやけているのは蜘蛛だからだ。

なんだこいつか、と思う。時々見かけるのだ。家の中に巣を作られると困るけど、どうやらそういう種類ではないらしい。別に害はないので放置してある。潰さないようにそっと捕らえてわざわざ外に逃がすのも面倒だ。

でも、なんだか前に見た時より微妙に大きくなってないか。せいぜい数ミリのものだから気のせいかもしれないけど。

それにしても、と思う。こいつはいったい何を食べてるんだろう。小さな虫とかその卵とかかな。きっと人間の役に立っているに違いない。勝手にそう思い込む。

その後も、たまに見かける。やはり大きくなっている。少しずつ、でも着実に。

しかも、この頃は意外なところにいるのだ。私の足の上を歩いていたこともある。前はそんなことなかったのに。気のせいかもしれないが、だんだん近づいてないか。叩かれて潰されるかもしれないのに、なんて大胆なんだろう。大巨人（私のこと）が怖くないのか。その勇気にちょっと感心する。

昨夜は肩にいたから驚いた。なんか痒《かゆ》いなと思って触ったら、指を伝ってぴょんぴょん逃げていった。

うーん、と思う。嫌いじゃないけど、このままにしておいていいものだろうか。耳とか鼻の穴に入られたら嫌だ。殺すのもなんだから、やはり捕まえて外に逃がすべきか。だが、そう考えていると姿を見せない。テレパシーでこちらの心を読んでいるらしい。いっそのこと、名前をつけて仲良くなったほうがいいだろうか。迷いながら決めかねて、結局、蜘蛛はまだこの家のどこかにいる。

二つのパニック

幼稚園の時、真冬のプールに落ちたことがある。幼い私は表面に張った氷の上を歩けるものと思い込んでしまったのだ。足を乗せたとたん、たちまち割れて水の中へ。パニックになりながらも、なんとか自力でプールサイドに這《は》い上がったところまでは覚えている。でも、その後の記憶がない。気がついたら大きなタオルに包まれていた。

緊急事態ということで、先生といっしょに家に帰ることになった。ところが、ショックのせいか、途中で道がわからなくなってしまった。毎日往復しているはずなのに見知らぬ風景に感じられる。先生も困っている。でも、焦れば焦るほど思い出せない。どうしよう。お家《うち》がわからない。不安のあまり泣き出してしまった。

数十年後、付き合っていた相手の実家を初めて訪問した時のこと。私は緊張していた。「○○さんと結婚させてください」とちゃんと云えるだろうか。新しいシャツを着て、右手には恋人に書いてもらった地図。これがあれば迷うことはない。手土産はマロングラッセだ。

だが、駅から初めての道を歩きながら、突然、不安に襲われる。彼女は栗が嫌いじゃなかったか。まさか。でも、もしそうだったら御両親はどう思うだろう。結婚の申し込みに来た男が手土産に娘の嫌いな食べ物を持って来るなんて。やばすぎる。

栗、大丈夫か。必死に思い出そうとする。彼女と一緒に食べた記憶がない。嫌いって云ってたような。いや、それは前の恋人だっけ？　焦れば焦るほど思い出せない。どうしよう。買い直す時間はない。パニックだ。幼稚園の時もこんなことがあった。でも、もう大人なのに。真冬のプールに落ちるのに比べればマロングラッセなんて小さなことだ、と思おうとする。でも駄目だ。どうしよう。栗、わからない。結婚できない。私はほとんど泣いていた。

大変な仕事、楽な仕事

この世に楽な仕事はない、というのは本当だろうか。どうも怪しい気がする。万人にとって楽な仕事はないかもしれないけど、その人の性質にはぴったりということはあり得るのでは。

中学生の時、お昼の弁当が1年間ずっとカッパ巻だった。人によっては耐えられないだろう。でも、私は平気だった。この能力を仕事に生かせないだろうか。毎朝かんぴょう巻、毎昼カッパ巻、毎晩鉄火巻を食べる代わりに給料がもらえるとか。だが、そんな仕事は思いつかない。それに心は大丈夫でも体が壊れそうだ。

大変な仕事と云われてまず思い浮かぶのは、命に直結するような責任のある、例えば医師とか乗り物の運転手だ。自分のミスが引き起こす結果を想像しただけで怖ろしい。飛行機に乗ると途中で機長のアナウンスが入るけど、あれは「命を任せても大丈夫な人」であることをさり気なく伝えているに違いない。私などは操縦とかの能力以前に、ふにゃふにゃした喋り方でもう乗客を不安にさせてしまうだろう。

そんな自分のような人間ばかりだったら、医師も運転手もパイロットもこの世からいなくなってしまう。だから、彼らにはとても感謝している。

先日、こんな短歌を見た。

ブラックジャックが鉄腕アトムに助けられ火の鳥が飛ぶ　生きててほしい　　後藤克博

「ブラック・ジャック」「鉄腕アトム」「火の鳥」はいずれも手塚治虫の漫画。「ブラック・ジャック」の主人公は無免許の医師だが、手塚自身は医師免許を持っていた。この歌は新型コロナウイルスの状況下で奮闘する医師の姿を描いているんじゃないか。天才医師であるブラック・ジャックが倒れたら、助かるはずの多くの命までもが消えることになる。最後の「生きててほしい」に深い祈りを感じた。

学校を出てから見ていないもの

先日、本を読んでいたら、教室の窓で黒板消しを叩く場面があった。そういえば、と思い出す。私の学校では各教室に黒板消しクリーナーと呼ばれる専用の掃除機が置かれていた。黒板消しをばんばん叩くとチョークの粉が出る。でも、黒板消しクリーナーなら吸い込んでくれる。はずなんだけど、実際にはやってもやってもなかなか綺麗にならなかった記憶がある。

黒板消しクリーナーは醬油差しなどと同様に機能がそのまま名前になっている。それなのに唯一の役目がうまく果たせないのは妙だ。まあ、実家には使うたびに垂れてしまう醬油差しがあったけど。学校を出てから見ていないけど、黒板消しクリーナーは今もあるのだろうか。昭和の頃とは見違えるように進化しているかもしれない。もう一度、使ってみたい気がする。

そういえば、とまた思い出す。あれはどうなっただろう。プールの後で目を洗うための小さな噴水。正式な名前がわからないけど、蛇口を捻ると二筋の水がぴゅーっと出る。あれもまた目を洗うための専用装置というところが面白かった。やはり学校を出てから見ていないけど、今もあるのだろうか。ちょっと怖かったから使いたくはないけど、もう一度、ぴゅーっと出してみたいと思う。

そういえば、とさらに思い出す。数年前に全国の学校で座高を測るのをやめたというニュースを見た。意味がないことがわかったから、というような理由だったと思う。確かに座高の数値が必要になったことは人生で一度もない。それに気づくまでに何十年かかったんだ、と思って可笑しかった。でも、じゃあ、全国の学校にあったはずの座高を測る装置はどうなったのだろう。他には使い道がないから、すべて廃棄されてしまったのか。それらが山積みになっているところを想像してしまう。座高計測器の墓場だ。

学校を出てから見ていないもの・その2

　前回、「学校を出てから見ていないもの」について書いた。具体的には、黒板消しクリーナー、プールの後で目を洗うための小さな噴水、座高計測器である。あれらは今はどうなっているのだろう、という内容だ。数日後、友人のIさんからメールが届いた。彼女は高校の先生だ。私の疑問に対して現場からのリポートを送ってくれたのだ。

「黒板消しクリーナーは今もそのままあります。最先端の学校でも全く進化しておらず、ブィーンブィーンと何度も黒板消しを擦りつけても、なかなか綺麗になりません」

　へえ、と驚く。もうとっくに無くなったか、めちゃくちゃ進化したか、どちらかだと思ってた。まさかあのままとはなあ。

「クリーナーが進化しないのは、たぶん黒板自体が遠からず消えゆくモノと見なされているからでしょう。そうなってから既に20年位経つのですが」

　面白い考察だ。確かに昭和の頃は、21世紀の未来にはもう黒板は存在しないイメージだった。そう思われながら、近い立場の傘とともに22世紀まで生き延びるのかもしれない。

「プールの洗眼シャワーもあります。生徒全員に使うように指導しているようです」

あの噴水はそういう名前だったのか。そして、こちらも現役だったとは。うーん、学校の中は時が止まっているようだ。

「座高計測器はおそらくどの学校にも残っていないでしょう。廃校になった古い校舎などを探せば、この世で最後の1台とかが、埃《ほこり》に埋もれているかもしれませんね」

そうか、と遠い目になる。さすがにあれはもう無いか。試しにネットのオークションを探してみた。あ、あった！　びっくり。懐かしい。もちろん中古だけど、まさか売ってるとは。でも、どこの誰がどんな理由で買うんだろう。或る日、むらむらと座高が測りたくなった人かなあ。

先輩になった日

先生と呼ばれやすい職業がある。もちろん学校の教師、それから医師、物書きや漫画家などもそうかもしれない。歌人という物書きの一種である私は、ほとんどそう呼ばれたことがない。でも、自分よりも若い歌人たちが先生と呼ばれるのを見て、あれっ、と思うことがある。体質的に髭が薄い人がいるように、たぶん、私は先生オーラが薄いんだろう。

では、先輩ならどうか。学生時代、私も部活の後輩からそう呼ばれたことはある。でも、当時から今に至るまで、頼み事や相談事を持ちかけられたことはない。この人に云っても駄目だとちゃんとわかるらしい。

そんな或る日のこと。友人の一人から久しぶりにメールが届いた。「緑内障になっちゃいました」という内容だった。視神経がダメージを受けることで少しずつ視野が狭くなる緑内障は、割と一般的な病だが根本的な治療法はなくて、目薬などで眼圧を下げて進行を遅らせるしかない。私は十数年前にこの病気になってから、そのことをエッセイに書いたりしている。それを覚えていた友人が、自分が同じ病気を告げられた時、そういえばほむらさんも、と思い出して連絡をくれたのだ。

「大丈夫？　治らないって云われると最初はショックだよね。でも、考えようによっては、今見つかって良かったんだよ。その分、早期に治療が始められるんだから」

私は優しく返信をした。なんだか自分がいい人になったようだ。結びの言葉は「何かあったら相談してね」だ。そんな台詞、生まれてから一度も云ったことがなかった。だが、私はお医者さんでも何でもない。自分も同じ患者の立場なのに、少しばかり早くそうなっただけでこの態度は……、そこで気がついた。そうか、これが先輩面ってやつか。ついになったぞ、私も先輩に。

猫撫で声が出た

太ったなあ、困ったなあ、とぼんやり考えていた。新型コロナウイルスのせいで、ずっと家に籠もっているからだ。お腹の肉を、ぶにっとつまんでみる。小さめの猫一匹分くらいはあるだろう。

その時、いいことを思いついた。これを材料にして猫が作れないだろうか。可愛い猫が生まれて、お腹の肉は消える。素晴らしい。私は猫のお母さんだ。名前はどうしよう。コロナ太りから生まれたコロナとか。イメージが悪いだろうか。

夢のようなこのアイデアには、けれども一つだけ難点がある。それは実現できないことだ。私は空想の世界から戻って、お腹の肉をしまった。

そこに友だちから連絡が入った。新しく飼うことになった仔猫を連れて家に遊びにくるという。やった！　私はいそいそと準備を始めた。水とごはんとトイレと爪研ぎとおもちゃ……、家には猫はいないけど友人たちの猫が遊びにくる時のために買い揃えてあるのだ。

「ピンポーン」とチャイムが鳴って仔猫がやってきた。尻尾がふわふわで狐《きつね》の子どものようだ。なんて可愛いんだろう。人懐っこくて、抱っこしてもちっとも怖がる気配がない。まだ赤ちゃんなのに、お母さんを知らないらしい。いいお家の子になれてよかったね。

　私は友だちにお腹の肉から猫を作れないか想像したことを話した。気持ち悪いと云われてしまった。ふと気づくと、仔猫はテーブルに置いてあった絵本の上で遊んでいた。『ながいながい　ねこのおかあさん』（キューライス　ぶん／ヒグチユウコ　え）というその本の表紙では「こねこ」が優しそうな「おかあさん」に甘えている。でも、と思った。その上に乗ってるこの子はお母さんを知らないんだ。胸がきゅーっとなって、自分の口から変な声が出た。リアル猫撫で声である。でも、仔猫は平気。お母さんがいなくても、私の声が不気味でも、無邪気に遊び続けている。

大晦日のテレビ

去年の大晦日《おおみそか》はテレビを見ていた。番組欄は、紅白歌合戦、お笑い、スポーツみたいな感じにジャンルが分かれていた。こういう時、自分はスポーツを選ぶことが多い。というわけで、格闘技を見たのである。

2003年の大晦日のことを思い出す。その年の番組欄はなんと、紅白歌合戦、格闘技、格闘技、格闘技という感じだった。当時は格闘技ブームで、大晦日にイベントが三つもかぶっていたのだ。私は焦った。どれを見たらいいかわからない。リモコンを片手にCMのたびに画面を切り替えて奮闘した。

その時々で最高の対戦カードを選べばいいと思ったが、話はそう単純ではなかった。バスケやラグビーなどと違って格闘技は試合時間がばらばら。もちろん流れも読めない。チャンネルを合わせたら劇的なノックアウトの直後ということが何度もあって、がーんとなる。

今この瞬間にも裏側で凄いことが起こっているんじゃないか。そう思うと、ちっとも落ち着いて見ていられない。すべてが終わった時、私はぐったりしていた。一年でもっとものんびりできるはずの夜なのに。

だが、去年の大晦日は心安らかに観戦できた。裏番組を気にしなくてよかったからだ。選択肢が多いのはいいこと。でも、苦しい面もある。その中で最高のものを選びたいという欲望が生まれるからだ。

例えば、中華料理店のメニューがあまりに豊富すぎて混乱することがある。逆にヒレかロースか選ぶだけのとんかつ屋ではほっとする。前者の場合、「青島《チンタオ》ビール。あとは任せるよ」と同行者に選択を委ねてしまうこともある。その結果、好みでないものが来ても気にならない。自ら選んで失敗すること、というか、正確にはそのプレッシャーを感じることからとにかく逃げたいだけなのだ。

秘密の楽しみ

小学校3年生の時、中耳炎で近所の耳鼻科に通うことになった。嫌だなあ、と思った。でも、私は待合室で思いがけない楽しみに出会った。そこには大人向けの週刊誌が置かれていたのである。

何気なく開くと、連載小説のエッチな挿絵が目に飛び込んできた。私は周囲を気にしながらそれを読んだ。夢中になっていると、自分の名前を呼ばれてびくっとする。今、いいところだったのに。

病院で見つけた秘密の楽しみについて学校で自慢した。みんなは感心したり羨ましがったり。私は得意だった。

そんな或る日のこと。私は村山君に呼び出された。村山君は学年一の乱暴者だった。体が大きくて、とても怖ろしい。一方、私はといえば眼鏡をかけたひ弱っ子である。いったい何をされるんだろう。びくびくしながらついて行くと、目の前に大人の週刊誌が差し出された。

「これ、読んでくれよ」

「えっ?」

「エッチなところ……」

村山君は私の噂を聞いて、自宅からお父さんの雑誌を持ってきたのである。

「自分で読めばいいじゃん」

「だって、難しい漢字があるじゃんか」

そう、エッチな小説にも漢字は出てくるのだ。納得した私はそれを朗読した。村山君は真剣に聞いていた。凄い集中力だ。読み終わると、「おまえ凄いな」と褒められた。その日から、私たちの奇妙な友人関係が始まった。

そして半世紀の時が流れた。先日、大正生まれの大先輩歌人が、こんな話を教えてくれた。

「軍隊でね、本好きの僕は軟弱だって、いつも上官にビンタされてたんだ。でも、古典文学の講釈という名目でエロ話をしてあげたらね、殴られなくなったんだよ」

おおっ、と私は思った。村山君、元気かなあ。

昔の名前

私が子どもの頃は、電気冷蔵庫とか冷凍冷蔵庫という呼び方があった。それはつまり、電気ではなく氷で冷やす式の冷蔵庫や冷凍機能のない冷蔵庫が、まだ現役だったことの証なのだろう。

同様に、カラーテレビという云い方もあった。実家で見ていたのは白黒テレビで、友だちの家のカラーテレビが羨ましかったものだ。それから、水洗便所という言葉もあった。うちのトイレは汲《く》み取り式のぼっとん便所だったから、これにも憧れていた。

やがて、時代が下るにつれて電気冷蔵庫や冷凍冷蔵庫は冷蔵庫、カラーテレビはテレビ、水洗便所はトイレと呼ばれるようになった。氷式冷蔵庫や白黒テレビやぼっとん便所がなくなったからである。

ものの呼び名は、そんなふうにシンプル化するのが普通かと思っていたら、逆の例もあることに気がついた。電話である。昔は単に電話と呼ばれていたものが、今ではわざわざ固定電話とか黒電話とか表現されている。その理由は、もちろん携帯電話が出現したからだ。昭和の昔、「固定電話にかけるね」などという人を見たら、不気味に思ったことだろう。

子ども時代を振り返ると、甘い気分に包まれる。でも、だからといって、懐かしい氷式の冷蔵庫を使いたいとかは思わない。小さな白黒テレビを見たいとも思わない。ぼっとん便所にしゃがみたくもない。今やったら、もの凄くふらふらしそうだ。

昔の世界から甦《よみがえ》らせたいものがあるとしたら、なんだろう。あれかな。冷蔵庫やテレビやトイレとは違うけど。焚《た》き火。私が住んでいるような今の東京の賃貸住宅ではまず無理だ。だからこそもう一度、やってみたい。落葉を集めて、ぱちぱちと燃える音を聞きながらあたりたい。焼き芋もしたいなあ。

ジャンケン嫌い

賭け事が嫌いだからジャンケンをしたくない、という人に出会ったことがある。しかも二人。最初の男性の時は、とてもびっくりした。それは飲み会の買い出しに誰が行くか決めよう、という場面だったから、ジャンケンを拒否されて、みんな驚きながら困ってしまった。

「じゃあ、くじ引きで」と云いかけた人も言葉をのみ込んだ。彼はただジャンケンをしたくないわけではない。賭け事が嫌いだから、という理由で拒否しているのだ。とすれば、当然くじ引きもNGに違いない。でも、じゃあ、どうやって決めればいいのだろう。「そもそもジャンケンって賭け事なの?」という疑問は誰も口にできなかった。

「困らせてしまってすみません。買い出しは自分が行ってきます」とジャンケン嫌いの人が云った。「え、でも、それは悪いよ」と誰かが云うと、「大丈夫です。ジャンケンをするよりずっといいです」と彼は微笑んだ。

数十年後、二人目のジャンケン嫌いさん(こちらは女性だった)に出会った時は、驚きながら懐かしさが込み上げてきた。大昔の知り合いに再会したかのような気持ちである。別人なんだけど。

「賭け事が嫌いなんですね？」

「ええ。よくわかりますね」

「前にもそういう人に会ったことがあるので」

私は得意気に云った。世にも珍しいジャンケン嫌い同士、彼女と彼は友だちになるといいと思った。でも、口にはしなかった。さすがに出しゃばり過ぎだろう。

それに、と思う。もしかしたら二人は実は幼馴染《おさななじみ》かもしれない。日本のどこかにジャンケン嫌いの村があって、二人はそこの出身なのだ。村人たちはグーもチョキもパーも使わずに今日も平和に暮らしている。

電池を買う時

「電池を舐《な》めてみてビリビリしたらまだ生きてる」という噂を信じていた。小学生の時の話である。「生きてる」とは中身があるという意味だ。

友だちとペロペロしながら、「ビリビリする」「しない」「生きてるじゃん」「死んでるよ」と云い合った。

汚いなあ、阿呆だなあ、と思う一方で、なんて平和だったんだろうと懐かしくなる。文系の自分にとっては、「ビリビリ」イコール「生きてる」という考え方も受け入れやすい。だって、この中に電気が入ってるんだから。

電池は急に切れる。普段は存在を忘れているから、動かなくなった時計なりシェーバーなりから取り出した時、初めてこれかと意識するのだ。単一とか単二とかいう名前は知っている。でも、それぞれの区別は微妙だ。

単三と単四を間違えて買ってガーンとなったことがある。入れようとして大きさの違いに気づくと、けっこうショックが大きい。

だから、死んでしまった電池の現物を持って買いに行く。店頭でそれを新品と見較べて「よし、おんなじ」と確認するのだ。

単三電池握りしめて単三電池を買いに行った日　又吉直樹

この自由律俳句を見た時、おっ、と思って嬉しかった。

現物を持って買いに行くものがもう一つある。電球だ。こちらは電池よりも種類が多くてお手上げなのだ。電球を持って町を歩いていると微妙に不安な気分になる。犯罪とかではないのに。

電池も電球も、今までの人生で何十個買ったことだろう。にも拘わらず、ちゃんと認識できないままだ。逆に云うと、それでも生きてこられたわけか。そんなことばっかりだ。

逆宝くじに当たった話

私は猫が好き。でも、うちには猫がいない。なので、飼っている友だちがときどき連れてきてくれる。その日も何人かの友だちと猫が遊びに来た。それだけで私のテンションはいつもより高かった。

トイレから戻ってきた私の目に、床に広げられたハンカチが映った。「?」と思いながら、何気なく、その上にぴょんと飛び乗った。ちょっとふざけてみたのだ。あれ? 何か変な感じ、と思った瞬間、周囲から悲鳴が上った。驚いてハンカチから降りると、その下から、すーっと一枚の掌《てのひら》が出てきた。

「えっ!」と混乱する。どうして、そんなところに掌が? 答えは「猫と遊ぶため」だった。私は知らなかったけど、ハンカチの下で手を動かすと、猫が喜んで飛びついてくるらしい。その掌の持ち主は画家のヒグチユウコさんだった。「大丈夫。びっくりしただけ」と云いながら、ひらひらと右手を振っている。

私は真っ青になった。たまたま掌がパーの形になっていたのだ。それで運命が決まった。

もしも、指が曲げられていたら、と想像して鳥肌が立った。私はこの天才の利き手を壊してしまったかもしれないのだ。あの繊細で緻密《ちみつ》な絵の世界を。怖ろしい。

もちろん、何の悪気もなかった。普段の自分はハンカチに飛び乗るような性格でもない。今日に限って変な悪ふざけをして、でも、間一髪で惨事は免れた。「助かった！　逆宝くじに当たった！」と思った。幸運に当たる宝くじに対して、逆宝くじは不運から救ってくれるイメージなのだ。

　私は神様にお礼を云った。ありがとうございます。これからも宝くじとかビンゴとか抽選とかのすべてに一度も当たらなくていいです。その代わり、絶体絶命の時だけは逆宝くじに当ててください。お願いします。ぺこり。

どこまでが「私」？

100人の顔写真の中からでも自分の顔を見つけ出すことはできる。よほどのそっくりさんがいない限り、間違えることはまずない。

では、100人の手の写真から自分の手を見つけ出すことはどうか。マニキュアを塗るなどの経験のない私は自分の手にあまり馴染みがない。ただ、爪を噛む癖があるので、そのギザギザを頼りにたぶん特定できるだろう。

でも、これが足となると一気に怪しくなる。自分で自分の足の特徴を把握していないため、100個の足の中から見分ける自信がない。3回、いや5回まで指さしていいことにして欲しい。そして背中はもう無理だ。鏡を使ってちゃんと見たことは一度もない。自分の背中の写真を見せられたら、「初めまして」ということになる。

そう考えると、「私」の認識にも濃淡があることがわかる。顔ははっきりと「私」だが、手、足、背中となるにつれてぼんやりしてくる。それでも平気なのは皮膚によって外界から区切られているからだ。その内側が「私」、外側が世界。では、皮膚こそが「私」の範囲を定める輪郭なのか。

　でも、と思う。それならどうして幽霊はみんな裸ではないのだろう。彼らの多くは服を着ていたり、鎧《よろい》をつけて馬に乗った武士もいるというではないか。服や鎧というモノも「私」の一部だという生前の意識が、その姿を成立させているのだろうか。

　では、馬は？　馬には馬の命がある。武士と同時に馬も死んだからセットで幽霊になったのか。それとも馬が死ななくても、武士の意識の中で馬も「私」の一部だと思ってさえいれば、死後も乗っていられるのだろうか。不思議だ。私の幽霊は眼鏡をかけていると思う。でないと、せっかく出ても誰にもわかって貰えないからだ。

酸っぱい部屋

　先日、妻と一緒に新型コロナウイルスのＰＣＲ検査を受けてみた。初めての体験だ。病院ではなく、民間の検査センターに行った。緊張しながら建物に入ると、中はがらがらでちょっとほっとする。検査に行って逆に感染なんて、やだもんなあ。

　妻が手続きをしている間、ぼんやりと壁に貼られた写真のポスターを見る。レモンだ。大きな手がレモンを搾っている。なんとなく居酒屋のポスターを連想した。レモンサワーとか。その隣は大きな梅干しの写真。焼酎の梅干し割り？　その隣はまたレモン。えっ、と思う。そこで初めて気がついた。レモン、梅干し、レモン、梅干し。この部屋はレモンと梅干しの写真だらけだ！

　足許《あしもと》が揺らぐような不安を覚える。ここ、なんか怖いよ。その時、妻が戻ってきた。私は必死に壁の写真を指さした。と、彼女はあっさりと云った。

「面白いね。唾が出るようになんだね」

「え？」

「検査で唾を取るんでしょう？」

「そうなの？」

知らなかった。ＰＣＲ検査が実際にどういうものなのか、私にはまったく知識がなかったのだ。でも、そうか唾……、そのためのレモンと梅干しだったのか。不安は去った。意味さえわかればもう怖くない。酸っぱい部屋のおかげで順調に唾も出た。私は妻に話しかけた。

「レモンはともかくとして、梅干しは日本だけかもね」

「え、うん。そうだね。梅干し見ても、外国の人は唾、出ないかもね」

世界中の検査場に、それぞれの国を代表する酸っぱいものの写真が貼られてるところを想像する。アメリカ、中国、ブラジル、インド、イタリア……、でも、それが何かは意外に思いつかないものだ。幸い陰性でした。

ずっと同じ靴

私には同じ靴を履き続ける癖がある。1足の靴を1年間で350日くらい履いている気がする。本当は何足かをローテーションさせて休ませたほうがいい、ということは知っている。でも、実行できない。その日の服装に合わせて靴も変えた方がいい、ということも知っている。でも、実行できない。

玄関には何足かの靴が並んでいる。なのに、つい同じ靴に足を入れてしまう。スリッポンタイプで、そのまま爪先を突っ込むだけなので、履きやすいのだ。他の靴たちには、紐とかジッパーとか接着テープとかが付いている。といっても、履くのに30秒もかからないだろう。でも、そのひと手間が面倒くさいのだ。

お店で試し履きをした時は、そうじゃなかった。形とか色とか材質とか、店員さんにいろいろ教えて貰って、ふんふんと頷いて、最高に恰好良い靴を買っているつもり。でも、実際に履くとなると、足を入れる時に面倒か面倒でないかがすべてになってしまう。これは洋服の場合も同じだ。買う時は恰好良さに拘《こだわ》るくせに、着る時は少しでも楽かどうかがすべてになってしまう。二つの自分の間にズレがある。

ちなみに、私には同じものを食べ続ける癖もある。今のマイブームは、コンビニエンスストアの「とろろ蕎麦《そば》」である。毎晩、夜中の2時頃になると、同じ靴を履いて、同じコンビニに行って、同じ「とろろ蕎麦」を買ってくる。これがいちばんの楽しみなのだ。

私を暗殺するのは簡単だろうな、と思う。この靴に毒を塗った画鋲《がびょう》を入れるか、「とろろ蕎麦」のとろろに毒を混ぜておくだけでいいのだから。でも、大丈夫。私の命を狙う人なんかいないから。偉大な政治家でも有力な戦国武将でもなくて良かった。

何を愛し始めるかわからない

自分の中のとろろ蕎麦ブームが終わった。ここ数か月、夜中に最寄りのコンビニエンスストアに行って、とろろ蕎麦を買ってきては、昔の映画を見ながら食べていた。でも、その習慣がなくなった。とうとう魂が満足したようだ。

ちょっとさみしいけど、大丈夫。今はちくわ天がおいしくてたまらない。のり弁やしゃけ弁の端っこによく入っている、あれである。

学生の頃は、唐揚げ弁当ばかり食べていて、のり弁のまして脇役のちくわ天のことなんて、まったく眼中になかった。それなのに、先月あたりから急激に好きになってしまったのだ。弁当のメインのおかずよりもおいしく感じられて、ちょっとずつ齧《かじ》って、大事に大事に食べるんだけど、すぐなくなってしまう。

ちくわ天だけをお腹いっぱい食べるのが夢。そんなに高価なものではないし、やろうと思えば難しくはないだろう。でも、実際に試したら、なんとなく「あれ？　なんか違う」となりそうな予感がある。

これは過去の人生で学んだことだ。こちらが本気になると、おいしさや楽しさが逃げてゆく。だから、まとめ食いは我慢している。現在の私には、何かを渇望するということ自体が貴重なのだ。

それにしても、還暦を前にした今、どうしてちくわ天なのか。いつ何を愛し始めるか、自分でもわからないところが怖ろしい。ちくわ天なんて、一度も意識したことなかったのに。

タイムマシンで40年前に戻って、学生時代の自分に「将来、君はちくわ天が好きになるよ」と教えるところを想像する。でも、話を聞いてくれないだろうな。彼は唐揚げだから。

ちくわ天のおいしさの秘密はどこにある。やはり、まぶされている青のりがポイントなのか。

猫の集会を見た

　真夜中のこと。私は静かな住宅地を抜けて、コンビニエンスストアに向かっていた。と、前方に気配あり。道の真ん中に何かが蹲《うずくま》っている。猫だ。目を凝らして見ると、その周りにも丸っこいシルエットが幾つも見えるではないか。奥の方にまだまだいそうだ。猫たちは互いに少しずつ距離をとって座っている。不思議な光景だった。

　はっとする。もしかしたら、これは、噂に聞く猫の集会ではないだろうか。近づくにつれて、さまざまな柄の猫たちが闇の中に浮かび上がった。きらっと目が光る。どきどきしながら、なるべく静かに歩を進めた。でも、一匹また一匹と駐車場の奥に姿を消してしまう。最後に大きな白黒の猫が残った。どうやら集会の座長らしい。こちらを見つめる目に気迫と責任感が充ちている。お邪魔してすみません、と心の中で謝った。

　辿り着いたコンビニの明るさは別世界のようだった。私はぼうっとしながら、お気に入りの糖質ゼロ麺と氷と漫画を買った。

　そして帰り道。同じ場所にもう猫たちの姿はなかった。魔法の時間は終わったのだろう。

でも、さっきまで確かにここに……。改めて感動が湧いてきた。猫の集会って、話には聞くけど、実際に見たのは初めてだ。

私の心の中には「憧れの体験リスト」というものがある。そのうちの「真夜中のプールに浮かぶ」や「鼠を咥《くわ》えた猫を見る」などの夢は、既に実現済みだ。項目には、努力でなんとかなるものもあれば、偶然の幸運に頼るしかないものもある。

そして今晩、リストの最上位にあった「猫の集会を見る」という夢が叶った。どうすれば実現できるのか、まったくわからなかったのに。見上げると、月が激しい雲の流れを照らしている。その時、新たな夢が生まれた。「猫の集会に参加する」だ。

可愛さのピークを保存する

妻の髪型が素晴らしくなった。友人の紹介で凄腕の美容師さんに髪を切ってもらったのだ。美容室に同行した友人たちから、口々に褒められてとても嬉しそうだ。後から合流した私も負けずに何か云わなくちゃと思うけど、言葉が出てこない。髪型に関する知識が少なすぎるのだ。

私が知っているのは、おかっぱとボブと刈り上げの3種類。ただ、ボブは今一つ自信がない。なんとなく、恰好良いおかっぱ？　ということは、本当にわかるのは、おかっぱと刈り上げの2種類なのか。

髪が素敵になったところまでは良かった。でも、帰りのタクシーの中で、妻は酔ってしまった。もともと車に弱いのだ。

家に着くなり、ばたっとソファに倒れ込む。が、突然、ふらふらと立ち上がった。トイレかと思って道を空けると、「これ」とスマホを渡されて「？」となる。

「髪が、可愛い、うちに、写真、撮って。今が、ピーク、だから」

「え、でも、まだ気持ち悪いんじゃないの？　息が苦しそうだよ」

「苦しい」

「じゃあ、治まってからにしたら？」

「でも、今なら、顔も、青白い、と思う、から」

どうやら、妻の中では顔色が青白いのは良いことらしかった。車酔いなのに。

私が写真を撮ると、はあはあ云いながらも、その画像になにやら手を加えている。

「髪は、可愛い、けど、二の腕が、太かった、から、そこだけ、トリミング、した」

最後の力を振り絞って、そこまで云うと、トイレに駆け込んだ。

普段の妻は、ダイエットよりもおいしいご飯重視というイメージだ。そんな彼女の中に、これほどの可愛さへの憧れが眠っていたとは。その思いの強さに、私はびびりながら感動した。

だるくて何もできない理由

何もする気にならない日がある。体がだるい。頭がしくしくと痛む。部屋が散らかっている。すべてが嫌だ。ぼーっとしたまま、何時間も過ぎる。このままじゃ駄目だ、と気持ちだけが焦っている。

ふと思いついて、スマートフォンに「気圧」と打ち込んでみた。すると、「低気圧ヤバい」「頭痛い」などの文字が目に飛び込んできた。やっぱりと思って、ほっとする。だるいのは私だけではなかった。皆もそうだった。すべては低気圧のせいだったんだ。やる気が出ないことの正当な理由が手に入って嬉しい。

でも、と思う。気圧と体調が結びついているって話が一般化したのは、割と近年な気がする。私が子どもの頃は、そんなことを云ってる大人はいなかった。昔だって低気圧の日はあったはず。人々はどうしていたんだろう。自分だけが怠け者だと思って、落ち込んでいたんじゃないか。気の毒に。

私は怠け者ではない。だって今日は低気圧。そのせいで体がだるく、頭が痛み、部屋が散らかっているのだ。明日になれば気圧が変化して、何もかも快方に向かうだろう。

でも、今日が締め切りの原稿はどうしよう。編集さんにメールしてみようか。

「今日は低気圧で仕事は無理なので、明日やります」

「どうもだるいと思ったら、そのせいだったんですね。了解です。今日はぼーっとしてくださ い。バイク便でおやつを送ります」

という具合になったらいいのだが、そうはいかない。残念ながら、人類はまだそこまで進化していないのだ。

仕方なく秘密兵器を使うことにする。ハッカ油だ。これを自分に振りかけると、その刺激によって、ちょっとだけ気分がしゃっきりして動けるようになるのだ。そして今、私はキーボードを打っている。強烈なハッカの匂いを放ちながら。

何もない夏が過ぎてゆく

夏が好きだ。素晴らしい何かが起きる予感に充ちた季節。でも、現実には一度もそんな体験をしたことはない。私の夏休みはいつも空っぽだ。

夏の終わりを感じるたびに焦っていた。ああ、今年もまた何もなかった。海にも行かなかった。花火大会にも。本当の夏はいつやってくるんだろう。

こんな短歌がある。


居場所などない夏休み図書館に行くことだけにささげた素足　　東こころ

夏休みの「素足」が似合うのは、例えばきらきらした海辺の灼《や》けた砂浜だろう。でも、作中の〈私〉は、そんな青春とは無縁なのだ。毎日、ただ近所の図書館に通っていた。

この歌を初めて見た時、自分だけじゃないんだ、と思ってほっとした。「ささげた」という言葉の虚しさが美しい。

でも、そんな私にとっても、去年と今年の夏は特別だった。どこにも行けなくても、何もできなくても、まったく焦ることはなかった。

だって、それは私だけじゃないんだから。未知のウイルスの出現が人々から夏を奪ったのだ。

今年の夏の思い出は、魚肉ソーセージを食べたこと。真夜中のコンビニの棚に、たまたま見つけて買ってしまった。

「おいしいね」

「うん、懐かしい味」

「食べても食べても、なんとなく物足りないところがいいよね」

「外国の人は、これがソーセージだとは夢にも思わないだろうね」

「1メートルくらいのがあったら、食べてみたいなあ」

などと、死ぬほどどうでもいいことを語り合いながら、何もない夏が過ぎてゆく。さようなら、一度きりの今年の夏よ。

真っ白なスパゲティ

子どもの頃は、自分の家が世界のすべてだった。学校に行っても、公園で友だちと遊んでも、最後は当然のように家に帰る。外の世界を知らないから、家庭内のルールがどんなに偏っていても気づかない。ただ、そういうものだと思って暮らしていた。

例えば、ご飯のおかず。我が家の食卓に上る魚料理は、焼きサケ、アジの開き、カレイの煮つけの3種類だった。その三つが順番のようにくるくると姿を現すのである。

肉料理はというと、もう少しバリエーションがあったけど、種類としては豚と鯨のみ。唯一の例外はクリスマスの夜で、その時だけは近所のお店で買ってきた鶏のもも肉が出現した。銀紙の巻かれた骨のところを持って、夢中でかぶりついたものだ。

そんな食卓の背景には、昭和40年代という時代や実家の経済事情があったと思うけど、より直接的には母親の好みが反映されていたのだろう。母自身が嫌いなものや料理できない素材は、スルーされていたようだ。

自分の食生活が限定されていたことに気づいたのは、進学のために実家を出てからだった。北海道大学に入学した私は同級生のYくんとルームシェアをすることになった。或る真夜中のこと。Yくんがスパゲティを作ってくれた。茹《ゆ》でた麵の上に大量のマヨネーズがかけられたそれには、具というものがまったく入っていなかった。

真っ白なスパゲティをおそるおそる一口食べて、あまりのおいしさに驚愕《きょうがく》した。こんなに凄い料理があったんだ。感動しながら、同時に目眩《めくるめ》くような自由を感じていた。そう、私は実家を遠く離れて、知り合いの誰もいない町に来たのだ。「ほら」と云いながら、Yくんはどんどんマヨネーズを絞ってくれた。

珈琲の中が不安

手紙を持って家を出る。途中のポストに投函して、そのまま最寄りのコンビニエンスストアに向かった。歩きながら、ふと不安になる。手紙、ポストに入れたっけ。入れたよな。手を見る。ない。さっきまで持ってた手紙がないってことは、ちゃんと投函したんだろう。でも、はっきりした記憶がないのだ。

「手紙、ポストに入れたよね」

「うん。入れてたよ」

よかった。妻が一緒の時は、これで安心できる。でも、一人の時は困る。いつまでも不安だ。実際には、それで手紙が届かなかったことは一度もないんだけど。

若い頃は心配性がもっとひどかった。今、目の前のポストに手紙を入れたのに、本当に入ったかどうか不安になった。ポストの周囲をくるくる回って足元を確認。よし、落ちてない。ってことは、ちゃんと中に入ったんだ。謎の儀式のように毎回それを繰り返していた。

今はあの頃よりはずいぶんましになった。そう思っていたのだが、最近、まったく別の不安が生まれてしまった。

私はふだん珈琲を飲みながら仕事をしている。でも、集中力がないので、途中でシャワーを浴びたり昼寝をしたりすることがある。

再び机に戻って、飲みかけの珈琲に手をつけようとした時、その中に頭文字がGの虫が入ってないか、不安になってしまうのだ。紅茶ならカップの底まで見える。でも、珈琲は見えない。だから怖い。台所からもう一つ空のカップを持ってきて、冷えた珈琲をゆっくりと注ぎ直す。よし、大丈夫だ。

そんな私の姿を誰かが見たら、いったいこの人は何をしてるんだろう、と不思議に思うことだろう。珈琲の中にGがいないことを確かめているんです。今までに一度も入ってたことはないんですけど。

武器よさらば

小学校に入った頃のこと。誕生日やクリスマスの贈り物に何が欲しいか訊かれると、私の答えは決まっていた。

「ピストル！」

そのたびに母はがっかりした顔をした。

「またピストル。もうたくさん持ってるでしょう。他にないの？」

母が私に与えたいものはわかっていた。レゴとかパズルとか、頭を使いそうな玩具である。でも、私は全然欲しくなかった。

「ピストルがいい」

どうしてそんなにもオモチャのピストルが欲しかったのか。今となってはよくわからない。

小学校の高学年になると、クラス中でモデルガンが大流行した。こちらは玩具といっても、精巧な造りでずっしりと重い。運よく手に入れた同級生は、自慢げに見せびらかしていた。だが、自分はというと、もうピストルには興味を失っていた。

その頃、私が欲しかったのはムチだ。『バビル2世』とか『愛と誠』とか『水滸伝』といった漫画の影響だったかもしれない。どの作品にも強力な武器として登場するのだ。私はムチに憧れていた。

でも、そのことは黙っていた。モデルガンに夢中で「僕はワルサーＰＰＫ」とか「俺はルガーＰ08」とか騒いでいる友だちに向かって、「僕はムチ」とは云いにくかった。母にねだることもしなかった。今考えても、ムチを欲しがる子どもは不気味だ。

中学生の時、お小遣いを貯めて特殊警棒を買った。３段階にスライドする金属製の筒で、空中で振るとシャキーンと伸びて警棒になる。売り場のお兄さんに「これは警官や警備員の装備と同じ本物だよ」と教えられて、どきどきした。まだ実家のどこかにあるはずだ。今もお巡りさんの腰のベルトに装着された特殊警棒を見ると、心の中で「お揃い」と思う。

本当の誕生日、本当の名前

9月の或る日のこと。私はケーキを持って実家に行った。父の90歳の誕生日を祝うためだ。駅前で買ったお寿司を食べて、部屋の電気を消して、私と妻がバースデーソングを歌って、父が蠟燭《ろうそく》を吹き消した。

「おめでとう！」

「ありがとう！」

「元気で誕生日を迎えられてよかったね」

「ああ、本当は8月31日生まれだけどな」

一瞬、何を云ってるのかわからなかった。

「本当は、ってどういうこと？」

「ん？　ほれ、農家は忙しいからよ。なかなか役所に行けなくて、秋祭りの日に届けたんだと。おふくろがそう云ってたよ」

「何週間も遅れて？」

「ああ、昔だからな」

当然のように云われて、うーん、と思う。それは、昔はそうだったかもしれないけど、こっちは全然知らなかったのだ。今まで毎年9月に祝ってきたのに、90歳の誕生日に急に本当の誕生日を教えられたら、驚くじゃないか。

そういえば、と思い出したことがある。父の云う「おふくろ」、つまり私の祖母のことを、子どもの頃からずっと「ミドリばあちゃん」と呼んでいた。いとこたちもそう呼んでいた。彼女は99歳まで長生きしたのだが、そのお葬式で実は本名が「ミトリ」だということがわかったのだ。「ミドリ」って、明治生まれにしてはお洒落な名前だと思っていたけど本当は違ったのだ。

「『ミドリ』さんはわかるけど、『ミトリ』って名前は珍しくない?」

「たぶん、『実取』じゃないか。昔の農家だからなあ」

実を取るか、なるほどなあ。親戚のみんなから「ミドリばあちゃん」と呼ばれて、にこにこしていた姿を思い出す。でも、本人的にはそれでよかったのだろうか。昔って、昔の人って、なんか凄いよなあ。

超能力がない

買い物からの帰り道のこと。たまたま前を通った回転寿司の店内ががらがらだった。

「空いてるね」と妻が云った。

「珍しいね」

「中途半端な時間だからかなあ」

「入ってみようか」

「うん！」

案内されたテーブル席に座って粉茶にお湯を注ぎながら、妻は嬉しそうだ。

「今日、お寿司食べられるって思わなかったよ」

出た、と思う。これは彼女の口癖なのだ。何か思いがけないことがあると、必ず「今日、〇〇するって思わなかったよ」と云うのである。

「予知能力がないんだね」と私は云った。

久しぶりの外食は楽しかった。調子に乗った私は飲めないビールまで頼んで、すっかり酔っぱらってしまった。いつまで経っても、くらくらが治まらない。気持ちの悪さをこらえてなんとか帰宅したのだが、到着するなりトイレに駆け込んでしまった。

「大丈夫？」

「う、うん。今日、自分がげろ吐くって思わなかったよ」

「予知能力がないんだね」

「そうだね」と答えたけど、本当にないのは体調管理能力だろう。

また別の或る日、仕事から戻ってピンポンを鳴らすと、ドアを開けた妻のおでこに冷えピタが貼られていた。

「どうしたの？」

「熱が出た」

「え、大丈夫？」

「うん。今日、自分が熱を出すって思わなかったよ」

「予知能力がないんだね。僕も奥さんが今ごろ熱を出してるって、ぜんぜん知らなかったよ」

「我々、テレパシーもないんだね」

「うん。双子によってはあるらしいね」

そんなことを云い合いながら、非超能力者たちの一日が終わるのだった。

「長生きするお水」をもらった

先日、大学で講演をした。テーマは「学生時代と創作活動」。学校で収録したものをオンラインで配信する形式で行われたのだが、久しぶりに学生の方々と交流する機会を得て楽しかった。

メールによる事前のやり取りから現場での対応まで、自分の孫とは云わないけど子どもよりも若い世代である彼らの仕事ぶりは丁寧だった。今の学生さんはずいぶんしっかりしてるんだなあ、と感心した。この子たち、みんな２０００年とか01年とかの生まれなのか。ついこないだじゃないか。

講演の収録が終わって、ほっとしていたら、花束が出現した。司会の女子学生が手渡してくれる。

「今日はありがとうございました」

「こちらこそ」

綺麗な花束に鼻を突っ込んで喜んでいたら、「あの、これもどうぞ」と彼女が小さな袋をくれた。

「ありがとう、なあに？」

「長生きするお水です」

へえ、と思ってますます嬉しくなる。そんなのがあるんだ。

「僕、長生きしたいから飲みますね」

それから、バイバイと手を振って彼らと別れた。

帰りの電車で「今日は楽しかったなあ」と思いながら、ぼーっとしていた。ふと思い出して、ポケットから長生きの水を出してみる。自分の間違いに気づいたのは、その時だった。

「切り花の鮮度保持剤」という文字が目に飛び込んできたのである。ああっ、と思った。

そうか、「長生きするお水」って、そういう意味だったのか。一人で電車に乗ってるのに、急速に顔が赤くなるのがわかった。

「ほむらさん、何か変なこと云ってたけど大丈夫かな」と心配されたかもしれないなあ。

大丈夫。ちゃんとお花にあげました。

齢を取るとこうなるんだなあ

カフェで珈琲を飲んでいた時、隣の席から声が聞こえてきた。

「200円払ってよ」

「やだよ」

「これ高かったんだから、払ってよ」

「やだよ」

「どうしてよ、いいじゃない」

高校生のカップルがじゃれ合っている。彼らのテーブルの上には、飲み物が一つとケーキが一つ。飲み物を男の子が、ケーキを女の子が買って、二人でシェアするつもりだったのだろう。

でも、ケーキの値段が思ったより高かった。そこで「200円払ってよ」ということになったらしい。男の子はケチなわけではなく、ふざけて「やだよ」と云っているのだ。

他愛ないやりとりが眩しくて、思わずじっと見てしまった。この人たちには未来がある。

突然、そんな思いが湧き上がってきてびっくりする。高校生に未来があるなんて、当たり前のことなのに。ああ、そうか、と気づく。齢を取るとこうなるんだなあ。若者や子どもが不思議に輝いて見えるのだ。

カフェを出て街を歩く。すると、今度は辺りの風景が切なく思えてきた。点《とも》り始めたお店の灯、すれ違う人々、車のクラクション、夕方の匂い。今、私はこうして歩いている。晩御飯どうしようかな、と考えながら。でも、いつかそれができなくなる日がくる。その時、きっと今日のことを懐かしむだろう。そんな気持ちが湧いてきて、目の前のすべてが思い出のように感じられてしまうのだ。

馬鹿な。私は今ここに生きている。何もかも思い出なんかじゃないぞ。と、必死に切なさを追い払おうとする。よし、今夜はトンカツを食べてやる。

温かい気持ち未来より感じたり今際のわれが過去思ひしか　　高山邦男

彼女が欲しかったもの

真夜中のコンビニエンスストアで、おやつを選んでいた時のこと。少女のようなお客さんと外国人男性の店員さんが、レジを挟んで会話をしていた。
客「えーと、あの、こんな、なんだっけ、ほら」
彼女の指が空中に四角形を描いている。でも、言葉が出てこない。どうやら、自分が欲しいものの名前が思い出せないらしい。
店員「?」
客「ほら、あの、送る、えーと」
店員「??」
店員さんも困っている。なんのことだろう。わかったら教えてあげたいけど、私にも見当がつかない。いったい何を求めているのか。
彼女はとうとう諦めて、スマートフォンを取り出した。高速で指を動かして、呼び出した画像を店員さんに見せる。

店員「ああ！」

彼が大きく頷いて、彼女の顔が明るくなった。でも、私にはまだわからない。

店員「いくらの？」

客「１２０円！」

そんなやり取りの後で、店員さんが手渡したものは切手だった。ちょっとびっくりする。切手って言葉が出てこなかったのか。

Ｓｕｉｃａなどのｉｃカードの普及によって、最近は切符を使ったことがない人が増えているらしい。でも、切手の存在感も薄くなってるんだなあ。確かに、メールとかラインとかでほとんどの用は済んじゃうけど。二人の会話には、最後まで切手という言葉は出なかった。

それにしても、と思う。切手を思い出せない彼女は、どうやってその画像をスマホに呼び出したんだろう。「手紙　送る」とかかなあ。いや、それだと切手からポストまで該当する範囲が広すぎるか。じゃあ、「嘗める　貼る」かなあ。

自転車カレー

昔から本が好きだった。若い頃は、有名な作品で未読のものがあっても、たまたま読んでないだけで、いつかは読むだろう、と思っていた。

その感覚が変わってきたのはいつ頃からだろう。今まで手に取らなかったってことは、あの本はもう読まないのかもしれないな、とうっすら思うようになったのだ。でも、それを認めるのは不安だ。『源氏物語』を、『失われた時を求めて』を、読まない人生が確定してしまうのはなんだかさみしい。

このような不安と焦りは、本以外のことにも云える。先日、私はサンタクロースの恰好をした。来月はパラグライダーをする予定だ。いずれも仕事の依頼を受けたもので、自分にとっては初めての体験だ。サンタクロースの恰好が特にしたかったわけではない。パラグライダーはむしろ怖い。でも、今やらなければたぶん一生しないだろう、という心の声が聞こえたのだ。

あれをしておけばよかった、と死ぬ前に後悔することはなんだろう。『源氏物語』を読めばよかった、と思うだろうか。サンタクロースの恰好をしてみたかった、とは思わないような気がする。でも、念のためである。

先日の夕方、近所を散歩していたら、二人乗りの自転車と擦れ違った。お母さんが漕ぐ自転車の後ろにヘルメットを被った女の子が乗って、タッパーに入ったカレーライスを食べている。「?」と思った。塾への移動中にご飯を食べているのだろうか。今の子どもはハードスケジュールだな、と同情しつつ、ちょっと羨ましくなった。パンやおにぎりじゃなくて、自転車でカレーってところが恰好いい。

自分があれをすることはもうないだろう。自転車カレーを知らない人生は確定。いや、それとも、妻に頼んでやってみたほうがいいだろうか。念のために。

生活センスが欠けている

朝、歯磨きをしながら片脚ずつスクワットをしている。といっても、ちょこちょこと膝を曲げるだけである。寝ぼけ眼のままでやるから、あっちへよろよろ、こっちへよろよろ。壁にぶつかったりもする。

歯磨きは歯磨き、スクワットはスクワット、と分けたほうがいいのかもしれない。よろよろしながら歯ブラシを使うから磨き残しがありそうだし、スクワットもちゃんと筋肉に意識を集中したほうが効果があるらしい。でも、二つを同時にすることで、時間を二重に使えてお得な気がするのだ。

ほんの数分のことに、そんなにケチケチしているくせに、ふと気づくと4時間も昼寝をしてしまったり、100回くらい読んだ漫画を読み返してしまったり、ということが珍しくない。まったく行動に一貫性がない。そして、その分の時間も取り戻そうとして、また片脚スクワットでよろよろする。

この漫画があるから悪いんだ、と責任を転嫁して小学生の甥っ子に本を送りつけたこともある。でも、半年くらいすると、やっぱり読みたくなって買い直してしまった。お金だって無駄だ。ぼろぼろの漫画を送られた甥っ子も迷惑しただろう。新しいほうと取り替えてあげようか。

私には生活のセンスみたいなものが欠けている、と思う。長い昼寝から目覚めた暗い部屋の中で、今何時だろう、と思う時の虚しさはなんとも云えないものがある。そんな私の片脚スクワットは浪費家の小銭貯金のようなものだ。その方法で失ったものを取り戻すのは無理がある。

「一つの漫画を100回以上読んだ人は、その回数の年齢まで長生きできる」という神様の隠しルールがあったらいいのに。それなら私は150歳はいけるだろう。いくら昼寝をしても大丈夫だ。

食べてもいい日

体に悪いものは、どうしておいしいのだろう。脂、塩分、糖分、カロリー、アルコール……。神様の初期設定に問題があるというか、意地悪だと思う。体に良いものをおいしく感じるように我々を造ってくれていれば、なんの問題もなかったのに。

だが、そんな繰り言を云っても仕方がない。欲望のままに好きなだけ食べていたら、体が壊れてしまう。自分で自分をコントロールしてゆくしかない。というわけで、我が家には、おいしくて危険な食べ物についてのルールがある。

ルールその1

台風の夜はポテトチップスを食べてもいい。

ルールその2

雷の夜はカップ焼きそばを食べてもいい。

いずれも妻が考案したもので、その理由は「台風や雷は怖いから、おいしいものを食べてもいい」とのこと。最初に聞いた時は不思議な感じがしたけど、いつの間にか慣れてしまった。

台風が来そうだな、と思ったら、コンビニにポテトチップスを買いにゆく。奇妙なわくわく感がある。なにしろ台風だから、しかも大型らしいから、ポテチもやむを得ない。今日だけは罪悪感を覚えずに食べることができるのだ。

だが、雷のほうはちょっとした問題がある。台風に較べて、いつ発生するかの予測が難しいのだ。来た！　と思った時、家にカップ焼きそばがなかったらショックが大きい。だから、こちらは普段から常備されている。しかも、大切に玄関に飾られている。普通の家だとお気に入りの絵や置物があるような棚の上である。

待っても待っても雷はなかなか来ない。宅配便のお兄さんは毎日やって来る。お兄さんは、玄関にペヤングがある変な家、と思っていることだろう。

嘘つきじゃないんだ

　ふと気がつくと、喉が痛くて体がだるいことがある。嗽《うがい》をしたり、市販の風邪薬を飲んだりして、なんとか自力で治そうとする。でも、効果がない。仕方なく、早めにベッドに入る。無理をして拗《こじ》らせたら最悪だ。

　朝、目が覚める。祈るような気持ちで自分の状態を確かめる。駄目だ。唾を飲んだだけで喉に激痛が走る。熱も上っているようだ。思い切って、病院に行くことにする。

「どうしました？」

「あの、喉が痛くて、声が出なくて、熱っぽいんです」

　お医者さんが無表情に頷く。あれ？　と思う。声、出てるな。さっきはあんなに変だったのに。なんとなく不安な気持ちのまま、熱を計られる。

「36・8度」

「え！　いや、さっきはもっと高くて」

　まただ。不思議なことに、お医者さんの前では症状が和らいでしまうのだ。焦って、ちょっと咳込んでみたりする。その結果、相手はますます無表情に。

「いや、違うんです。今のは確かにちょっと演技が入ってましたけど、さっきまでは本当に本当だったんです。つまり、真実の症状を再現しただけで……」と心の中で云い訳をする。僕は嘘つきじゃないんです。そうか。わかったぞ。ウイルスが天敵である先生を騙そうとして、今だけ活動を控えているに違いない。

だが、実はこの現象は病気の時にだけ発生するわけではない。家電の故障時などにも、同様のことが起きるのだ。

ガスの火が点かない。何度やっても駄目だ。仕方なく修理屋さんを呼ぶ。その人の目の前で、おそるおそる試してみる。カチッ。ボッ。

「違うんです！」と思わず叫びそうになる。さっきまでは本当に点かなかったんです。僕は嘘つきじゃない。嘘つきは、このガス台だ。

妻の応援

テレビで春の高校バレーを見ていた時のこと。

「どっち応援する？」と何気なく妻に尋ねたところ、「○○高校」と即答だった。

彼女がバレーボールに興味があるとは聞いたことがなかったし、○○高校に縁があるとも思えない。不思議な感じがした。

「どうして？」

「坊主頭だから」

えっ、と思って画面を見ると、確かに○○高校は全員がそうだ。相手の高校には髪がある。

「どうして坊主頭だと応援するの？」

「気の毒だから。青春時代を坊主頭で」

妙にきっぱり、そう云うではないか。

「でも、進んでやってるのかもしれないよ。バレーの邪魔にならないし、最近はお洒落な坊主頭もあるみたいだし」

坊主頭に詳しいわけではないが、なんとなくそう云ってみた。が、妻は首を振った。

「うちの中学校も坊主だったの。テレビの校則特集に出るくらい厳しくて、男子がみんな嘆いてたの知ってるから」

「そ、そうなんだ」

それは知らなかった。まあ、知ってるはずないけど。

「修学旅行前はもみあげを剃ってテクノ坊主にしてた。精一杯のお洒落」

「テクノ坊主ってあるんだね。そうすると恰好良くなるの？」

「ならないよ」

「そうなんだ」

「ムースに憧れて、女子に『貸して』って云うんだけど、貰っても塗るところがないの」

「そうなんだ」

「可哀想でしょ」

「うん」

いつの間にか、説得されてしまった。妻の応援のおかげなのか、〇〇高校は優勢だった。

暗号を解いた日

移動中などに少しでも時間があると、スマートフォンや文庫本を取り出してしまう。たぶん、情報中毒気味なのだろう。滅多にないことだけど、たまたまその両方を忘れて外出してしまうと、手持ち無沙汰で困ることになる。見るものがない！

そんな時は辺りの景色でも眺めて楽しめばいいのだろう。でも、すぐに飽きてしまう。スマホや本に浸りすぎていて、現実を見る力が弱くなっているのかもしれない。

仕方なく、電車のホームから見える看板や車内の広告を読み始めてしまう。特に好きなのは、電話番号の語呂合わせだ。先日見たソーラー発電関連の広告には、「3《さ》1《あ》ー8《は》2《っ》1《で》0《ん》」と書かれていた。え？　と思う。「3」の「さ」、「8」の「は」はわかる。「2」はちょっと苦しいけど英語のツーの「つ」か。そこまではいいとして、一つ目の「1」が「あ」、二つ目の「1」が「で」、「0」が「ん」なのがわからない。どうしてそうなるんだろう。

広告の語呂合わせがそんなに難しいとは思えない。それではわざわざ語呂合わせにした意味がなくなってしまう。にも拘わらず、繋がりが見えない。不安だ。

駅に着いてエスカレーターに乗っている時、不意に思いつく。二つ目の「1」が「で」で、「0」が「ん」なんじゃなくて、まとめて「10」で英語のテン、それが訛って（?）「でん」じゃないか。もしそうなら、残るは一つ目の「1」のみ。「2」や「10」をツーやテンと英語読みしたように、こちらは「1」をフランス語読みしてアンの「あ」かなあ。或いは「1」を「l」に見立てるとか。無理やりすぎるだろうか。

そこまで考えたところで目的地に到着した。自分なりに暗号を解いてみたけど、正解という自信はない。でも、おかげでスマホも本もなくても退屈しなかった。39!

不思議な犬の鼻

　私の楽しみは、寝る前にスマートフォンで犬や猫の動画を眺めることだ。昨日見たのは、室内で犬とかくれんぼをするという内容だった。飼い主を探して、犬たちが家中を駆け回る。でも、なかなか見つけられない。途中で飽きてしまったり、目的を忘れて遊び始めたりする子もいる。可愛いなあ。

　その時、あれ？　と思ったのだ。犬ってもの凄く鼻が利くんじゃなかったっけ？　確か嗅覚が人間の数万倍から1億倍とか聞いた覚えがある。刑事ドラマでは、ハンカチの匂いから持ち主を探し出していた。忍者漫画では、追っ手の犬たちを振り切った主人公が、犬使いの忍者から「これだけの犬の嗅覚を撒くとは、敵ながら怖ろしい奴」と褒められていた。

　でも、じゃあ、そんなに嗅覚が鋭いはずの犬たちが、狭い家の中のかくれんぼで飼い主を見つけられないのは、どうしてだろう。不思議だ。犬に限って八百長ってことはないし、飼い主だって忍者ではない。

そういえば昔、私も一度だけ犬の鼻の凄さを実感したことがあった。あれは空港の手荷物受取所でスーツケースを待っていた時のこと。足元に突然、犬が飛びついてきたのだ。係員が引き離してくれたけど、注目を浴びて焦った。あの犬は麻薬を発見する役目だったらしい。おいおい、僕は麻薬なんて隠してないよ、酷いなあ、と思わず苦笑い。

でも、気づいたのだ。その時、私は長時間フライトのむくみを軽減するために、足の裏に湿布を貼っていた。犬はその匂いを感知したんじゃないか。「わんわん！　ここです！　何かありますよ！」と。もちろん靴下も靴も履いてたのに、さすがは犬くん、怪しい匂いをよくぞ嗅ぎ分けた。湿布と蒸れた足の匂いが混ざると、麻薬っぽくなるんだなあ。

お寿司が見えない！

先日、近所のスーパーマーケットに行った時のこと。レジを出たところで、小さな男の子が何か叫びながら泣いていた。

「見えない！　見えない！　お寿司が見えない！」

お父さんとお母さんに訴えているようだ。会計を済ませた買い物をスーパーの籠からエコバッグに移したら、大好きなお寿司が見えなくなった。どうやら、男の子はそのことを怒っているらしい。

「ここにあるよ、ちゃんとあるよ」

お父さんはちょっと笑いながら云った。

「お家に帰ったら見えるでしょう」

お母さんは呆れたように云った。

でも、男の子は納得しない。

「お寿司が見えない！」

大声で泣いている。思わず、じっと見てしまった。子どもって面白いなあ。お寿司を買って貰えなかったから泣く、というならわかる。でも、ちゃんと買ったのに、その姿が見えないってだけで、こんなに悲しむなんて。

見えなくなったからって、この世から消えてしまったわけじゃないのに、それがわからないのか。わかっていても悲しいのか。不思議だ。小さな子どもの心の中では、今この瞬間がすべてらしい。

そんなに泣くなら、お寿司だけはエコバッグにしまわないで、本人に抱っこさせてあげたらどうだろう。そうすれば、ずっと見ていられる。男の子も泣きやむだろう。でも、家に着くころには、ばらばらになっちゃうかもしれない。ちらし寿司だ。男の子はまた泣くのだろうか。

そういえば、私も小さい頃は、新しいオモチャを買って貰うと必ず枕元に置いて寝た。時々薄目を開けて見たり、手を伸ばして触ったり。どきどきしながら眠りに落ちる。本当は夢の中まで持ってゆきたかったんだ。

初めてのホワイトニング

先日、歯医者さんに行って、初めてのホワイトニングをして貰った。

「はい、今日はこれで終わりです。ホワイトニングの後は歯に色が着きやすいので、今から24時間はお食事に気をつけてくださいね」

そう云いながら、歯科衛生士さんが注意点を記した紙を渡してくれた。
●避けたほうがよいもの＝カレー、焼きそば、葡萄《ぶどう》、チョコレート、醤油、珈琲、赤ワイン、煙草、口紅など。
●おすすめは白色の食べ物＝白米、食パン、白身魚（醤油なし）、貝柱、牛乳、カルボナーラ、ヨーグルトなど。
それを見ながら、夜御飯どうしよう、と考える。帰りに駅前のスーパーマーケットに寄った。心の中で「白、白、白、白」と唱えながら、目についた食べ物を籠に入れてゆく。豆腐、ポテトサラダ、ホワイトアスパラ……。

なんだか、不思議な気分になる。食べ物を色で選ぶって未知の体験だ。でも、白でまだよかった。これが黄色とか青だったら、ハードルがずっと高くなってしまう。

その時、調味料のコーナーで、凄いものを発見してしまった。透明醤油だって。水みたいに透明だけど醤油らしい。待てよ。ということは、これを買って回転寿司に行ったらどうだろう。そこで白いネタだけを選べば、今日の課題が一発でクリアできるじゃないか。すっかり興奮した私は、そのアイデアを実行した。

ヤリイカ、スミイカ、コウイカ、ヒラメ、ホタテ、マダイ、コチ、ホウボウ。回転寿司は白い食べ物の宝庫だった。そこに秘密兵器の透明醤油を投入。あれ？　うーん、やっぱり普通の醤油とは微妙に違うみたいだ。結局、すべてを塩で食べてしまった。全然いけたし、塩も白いからＯＫだろう。奇しくも、その日は3月14日。本物のホワイトデーになった。

世界中の人間がみんな私だったら

自宅の玄関を出る前に、いつものようにマスクをしながら、ふと考えた。もしも、この世にインターネットもテレビも新聞も雑誌もなかったら、どうだったろう。

新型コロナウイルスによる感染症が流行っていることに、私はまったく気づかないと思う。マスクもせず、うがいもせず、なんの警戒心もなく、とっくに感染していただろう。今までに経験がないほどの重い症状に苦しんで、それでも風邪だと思い込んで、いよいよやばくなってから、焦って救急車を呼ぼうとしたかもしれない。その時はもう遅いだろう。

この世にインターネットもテレビも新聞も雑誌もなかったら、ロシアがウクライナに侵攻したことも、もちろんわからないだろう。

逆に云えば、新型コロナウイルスにも戦争にも、私は活字や映像という情報の形でしか触れたことがないのだ。そう思うと、なんだか不思議な気持ちになる。

また、別のことを考える。もしも、世界中の人間がみんな私だったら、どうだったろう。

まず、戦争は起こらない。それほどのエネルギーというか、やる気がないからだ。人類の夢である世界平和が、簡単に実現されるだろう。

でも、いいことばかりではない。世界中の人間がみんな私だったら、お米もパンも薬も電車も自動車もパソコンもスマートフォンも会社も存在していないだろう。そういうものを生み出す知恵も工夫もやる気もないからだ。

人類はほとんど進歩しないまま、なるべく暖かい場所に住んで、果物や野草や貝や海藻だけを食べていただろう。いや、その前に、別の動物に襲われて絶滅していたかもしれない。そうしたら、今の私も存在しない。世界中の人間がみんな私じゃなくて、本当によかった。

怖いものは何ですか

昔、友人たちとお茶を飲んでいた時のこと。怖いものといったら何を思い浮かべるか、という話になった。

飛行機、お化け、蜘蛛、バンジージャンプ、飲み会、悪夢、親からの電話……、答えはまったくばらばらだった。怖いという感覚は人によってずいぶん違うんだなあ、と思った。

「僕はウイルス」

Tさんは、そう云った。でも、その時はあまりぴんとこなかった。インフルエンザかノロしか思い浮かばず、癌とか認知症みたいな病気じゃないんだ、と思ったくらいだ。

でも、もちろん、今はその言葉の意味がわかる。私だけではなく、この数年で世界中の人々がウイルスの怖さを思い知らされたのだ。Tさんは、未来が見えてたんだなあ。

自分にとって、すぐにはぴんとこない怖さがある一方で、瞬時に伝わるものもある。

例えば、こんな自由律俳句。

自分の分は無いだろう土産に怯える

又吉直樹

わかるなあ。何かの弾みで、員数外の自分が、その場に居合わせることになったのだろう。

別に土産そのものが欲しいわけではないのだ。ただ、自分以外の全員にそれが配られて、一通りのやり取りが済むまで、その場にいなくてはいけない。いったいどんな顔をしていたらいいのか。その間の、なんというか時間の痛みが怖ろしいのである。

逆のパターンもある。自分が持ってきた土産が、誰か一人の分だけ足りなくなってしまうという事態。こちらも想像したくない。

それを怖れるあまり、私は海外の旅先などで、具体的な名前のない「誰か」用の土産を買い込んでしまう。そして、毎回余らせている。でも、土産が足りない怖さを味わうよりはいい。

凄く短い鉛筆を見た

妻と喋っていた時のこと。不意に、こんなことを云われた。

「凄く短い鉛筆、見せたげようか？」

えっ、と思った。どういう意味だろう。それまで鉛筆の話をしていたわけでもなかったのに。

でも、私はよくわからないままに、「うん」と答えていた。

妻は立ち上がって、どこからか小さな何かを持ってきた。

「ほら、これだよ」

掌にころんと載せられた、それは本当に凄く短い鉛筆だった。1センチもないくらいまで削られたものが五つ。

「ほんとだ」

「ね」

その時、不思議な感覚が湧き上がった。この鉛筆たちは、いったいどこから現れたんだろう。

妻と結婚して20年ほどになるが、こんなものは見たことがなかった。持っていることも知らなかった。この家のどこかにあったのか。でも、どうして突然、それを見せてくれたんだろう。

次々に奇妙な思いが浮かんでくる。凄く短い鉛筆を見た時、なんというか、自分がパラレルワールドに移動したような気持ちになったのだ。私が元いた世界には、この鉛筆たちは存在しなかったんじゃないか。

思わず、尋ねていた。

「これ、どうしたの？」

「図書カードの下書きに使ってたんだよ」

妻は図書館の司書だったのだ。辻褄《つじつま》は合っている。

ということは、やっぱり、この世界は今までの世界の続きなのか。目の前のこの人は、パラレルワールドの妻ではなくて、私の妻なのだろうか。そっくりで区別がつかないけれど。

そして、ふと思う。妻も私のことをパラレルワールドの夫のように感じることがあるのだろうか。

高校生のテンションが羨ましい

都内のホテルに泊まった時のこと。チェックインの際に、こんなことを云われた。

「明日のご朝食ですが、高校の修学旅行のお客様がいらっしゃるため、7時から8時は会場が混み合うかもしれません。予めご了承ください」

へえ、と思う。最近の修学旅行はホテルに泊まるんだ。僕らの頃は旅館みたいなところに布団を敷き詰めて寝てたけどなあ。

翌朝は時間をずらして朝食会場に行ったから、高校生には会わなかった。でも、チェックアウトの時、ロビーに大量のスーツケースを見かけた。その中に目立つものがあった。クマのプーさんの大きなぬいぐるみが3体、ころんと転がっているのだ。

「可愛い！」

「お揃いにしようよ！」

「しようしよう！」

友だち同士で、そんなふうに盛り上がって買ってしまったのか。それにしても、結構な大きさである。これを抱えて旅行を続けるところを想像して、くすっとなる。いいなあ。さすがは高校生。今の自分には、とてもそんなテンションはない。旅行の邪魔になるかもとか宅配便で送れるかなとか、現実的なことを考えて結局諦めてしまうだろう。

若さのエネルギーを羨む私に向かって、妻が云った。

「修学旅行先で、私は硝子の靴を買おうか迷ったよ」

「シンデレラの？」

「うん。自分の足にぴったりだったら買ってた」

「どれくらいの大きさかな」

「5センチくらい」

いや、それは無理でしょう。妻の話はさらに続く。

「長崎では、ぽっぺんを買ったよ」

「硝子のおもちゃだね」

「うん。そこで長崎弁の真似をしてたら、お店の人に褒められて、嬉しくなって、その後ずっと長崎弁だったよ」

いくら高校生でも、やりすぎじゃないかなあ。

カレーのタレ

先日、60歳の誕生日を迎えた。還暦の赤いちゃんちゃんこの代わりに、赤いシャツをプレゼントされた。また、友だちの一人は、タオルを使ったストレッチングも教えてくれた。

「今日からこれ、やったほうがいいよ」

「うん、ありがとう」

「ほむらさん、最近、猫背になってきてるから」

「え、そう?」

「うん」

友だちも妻も頷いている。猫背、そうなんだ。自分ではぜんぜん気づかなかった。ちょっとショック。

無意識のうちに老化していることが、ほかにもいろいろあるのかもしれない。そう思って不安になる。

そういえば、ここ数年で革の鞄を持てなくなった。重くて駄目なのだ。革のジャンパーは、ずいぶん前に着られなくなったけど、今では鞄も辛い。もしかしたら、将来は革靴も履けなくなるのかなあ。

そんなことを考えながら、妻に尋ねてみた。

「この人も齢だなあって感じること、猫背のほかに何かある？」

「うーん。齢のせいかはわからないけど、この頃、なんでもタレって云うよね」

「え、例えば？」

「カレーライスを食べる時に、『もうちょっとタレかけて』とか」

「え、そう？」

「うん」

気づかなかったなあ。カレーのタレか。確かに、おじいさんっぽいかも。

「でも、じゃあ、なんて云えばいいの？」

「カレーの、ソースかなあ。若い世代では、ルウって呼ぶ人もいるみたいね。もともとの意味はちょっと違ったと思うけど」

そうか。僕も真似しよう。タレじゃないよ。ルウ。ルウ。ルウかけて。

欲しいものがない

父の日のプレゼントを買った。青いシャツである。父に贈り物をするのは難しい。今年91歳になる彼の口癖は「もう欲しいものはなんもないよ」なのである。

ところが、そんな父が私の妻のワンピースを見て「綺麗な青だなあ。こんな色のシャツがあったらいいな」と呟いたらしい。

「お義父さんがそんなこと云うの珍しいでしょう」

「うん。探してみようか」

というわけで、頑張って似た色のシャツを見つけ出したのである。渡すのが楽しみだ。

だが、正直なところ、「もう欲しいものはなんもないよ」という父の気持ちは、今年60歳の私にもだんだんわかってきたのである。

若い頃は欲しいものがあんなに沢山あったのに、と不思議に思う。1足のスニーカーに、燃えるような気持ちを抱いたのが夢のようだ。生命力が衰えると欲望も減るのだろうか。

私は銀座の高級なお鮨を食べたことがない。欲しいものがないなら、一度くらいは予約して行ってみたらどうか、と考えてみる。でも、実行はしない。なんとなく気後れしてしまうのだ。

「お前は銀座の高級なお鮨を一度も食べないまま死んでもいいのか」

「うーん。別にいいかな」

自分の脳内で、こんな会話を交わしてしまった。

父の唯一の楽しみは趣味の山登りとその後のウイスキー。それなのに、安い銘柄を飲んでいる。

「せっかくだから、もうちょっと良いウイスキーにしたら」と勧めても、「いや、いいんだ」という答えが返ってきて首を捻った。でも、回転寿司ばかり食べている自分も、あまり変わらないのかもしれない。

欲しいものがない人間にとって、最後の希望は旅である。行ってみたい場所なら、まだあるんじゃないか。父を誘ってどこかに出掛けたい。

いいものを見た日

晴れの日は、妻と一緒に近所を歩くことにしている。そんな散歩の途中、学校帰りの小学生たちと擦れ違った。

「昔のランドセルは黒と赤が定番だったけど、今はカラフルだね」と私は云った。

「そうだね」

「紫とか茶色が多いみたいね」

「6年生になっても似合う色だからじゃない」

なるほどなあ。その時、不思議な女の子を見た。2年生くらいだろうか。ランドセルの他に大小さまざまな袋を七つくらいぶら下げて、真剣な表情で歩いている。

「小を大の中に入れて荷物を一つにまとめるってことを、まだ知らないんだね」と妻が云った。

そうか。でも、その姿が妙に可愛い。いいものを見たなあ、という気持ちになった。

その後、公園のベンチで休むことにした。すると、どこからか謎の声が聞こえてきた。

発信源はブランコに腰掛けた若い男性だった。奇声を発している。いや、あれは……。

「歌だね」と妻が云った。

「歌か」

「歌って気づかないほどの音痴はなかなか珍しいね」

でも、男性は目を閉じて気持ち良さそうに唸っている。あまりの奇妙さに聴き入ってしまう。やがて、その歌はサビを迎えた。

「オ〜ネスティ〜」

その瞬間、我々は驚きの声を上げていた。

「『オネスティ』だ！」

「『オネスティ』か！」

「これが『オネスティ』って、全然わからなかったね」

妻は興奮している。

「でも、サビにきたらわかったね」

「うん、『オ〜ネスティ〜』って云ったからね」

謎の歌の正体がビリー・ジョエルの名曲とわかって嬉しかった。これで安心して散歩の続きができる。

「いいものを見たね」と妻が云った。

アイスモナカ論争

　友人たちと話していた時のこと。

「僕はいつもアイスモナカは一口だけ食べて、また冷凍庫に戻しておくんだ」と私は云った。

　すると、その場が静かになった。みんな興味を持ったらしい。

「どうして？」と一人が尋ねた。真剣な口調だ。

「アイスモナカは一口目がおいしいからだよ。モナカの皮のおかげで大きくガブッといけるから、助走が必要な他のアイスに比べていきなりピークを迎えられる。その一方で、二口目がより上る感覚は微妙。三口目からはもう惰性だから、一気に食べてしまうなんてもったいない。一口でやめておけば、次に食べる時はまた一口目から。つまり、一番おいしい一口目だけを何度も食べられるんだ」

　アイスモナカのおいしい食べ方を人々に伝授できて、私は満足だった。

　ところが、である。猛烈な反論が沸き起こったのだ。

「何云ってるの？　アイスモナカはモナカ部分のパリパリ感が命なんだよ」

「そうそう。食べかけを冷凍庫なんかに入れたら、パリパリ感が台無しになっちゃうじゃん」

「アイスモナカだけは、スーパーじゃなくてコンビニで買ってます。そのほうが商品の回転が早くて、パリパリ感がより強い個体が買えるから」

なんと、私以外の全員がパリパリ感重視派だったのだ。一つのアイスモナカを時間差の一口目だけで食べきるというマジカルな試みは、相手にもされない。みんな、なんて即物的なんだろう。

私はすっかり自信をなくしてしまった。パリパリ感なんて考えたこともなかった。なんならフガフガ感のほうが好きなくらいだ。

自分は何かの間違いで地球に生まれてきてしまったのかもしれない。遠い故郷の星では、人々は今日もアイスモナカを一口齧ってては、大事に冷凍庫にしまっているのだ。

永遠に工事中

今日は歯医者さんの日だ。そう思うと、緊張する。治療そのものが怖いわけではない。いや、それもあるけど、もっと別の、より大きなプレッシャーを感じることがあるのだ。歯医者さんの治療の後で、歯科衛生士さんの口内チェックを受けるのである。歯磨きをサボっているつもりはない。でも、完璧ではあり得ない。だって、歯ブラシのほかに歯間ブラシとかデンタルフロスとか、昔はなかったような複雑な工程があって、すべてを完璧になんて、とてもできないよ。

でも、そんなことは云えない。「自分の口でしょう」と歯科衛生士さんに呆れられてしまう。そう、私の口なんです。すみません、それなのに汚くて。

このような気持ちは、けれども、私一人のものではないらしい。先日、新聞の投稿欄にこんな短歌が送られてきたのである。

口覗き「忙しかったのですね」と歯科衛生士は意味深にいう　　平野充好

作中の〈私〉の気持ちは書かれていない。でも、ビビってる感じが伝わってくる。仲間を発見した気持ちになった。

なんといっても、「忙しかったのですね」という云い方が怖い。口を覗いて、忙しさがわかるなんて。スケジュール帳か。

それくらいなら、いっそのこと、「歯磨き、サボりましたね」とストレートに云ってほしい。ひと思いに楽にしてくれ。そうしたら、「すみません！」と謝れる。

それにしても、と不思議に思うことがある。どうして歯医者さんの治療には終わりというものがないのだろう。歯磨きが完璧じゃないせいか。通っても通っても、必ず「では、次回は」と云われてしまう。私の口の中は永遠に工事中だ。

100歳ボタン

目の前に、押すだけで「100歳まで健康で長生きできるボタン」があったら、どうするだろう。たぶん、迷わず押すと思う。いや、念のために「100歳の誕生日に死ぬってことじゃなくて、少なくとも100歳までは健康が保証されるって意味ですよね」と確認してからにしよう。

では、それが「200歳まで健康で長生きできるボタン」だったらどうか。こちらは、すぐに押すというわけにはいかない。だって、自分より年上どころか同世代やずっと年下の人々が全員地上を去ってから、さらに何十年も生きることになる。いくら健康でも、自分一人だけが圧倒的な老人として、この世に存在し続けるのはどうなんだろう。あれこれ考えて迷った挙げ句に、やはり押せないだろう。

そんな「200歳ボタン」を、もしも押すことがあるとしたら、死のぎりぎり寸前だと思う。その瞬間、「まだ死にたくない!」と強く感じたら、反射的に押してしまうかもしれない。後のことなど考えずに。その場合、歴史の生き証人として、昔話を語る人になるのかなあ。

ではでは、「永遠に健康で死なないボタン」だったら、どうだろう。これは怖い。どんな気持ちになるか、まったく想像できない。でも、直観的に、押さないほうがいいということはわかる。たぶん、地獄のボタンだよ。

それでも万が一ということがある。気の迷いでうっかり押してしまわないように、頑丈なケースの中に入れて、どこかの山の奥に埋めることにしよう。これで安心だ。海に沈めてもよかったけど、なんとなくそうしなかったのは何故だろう。

どこだ、どこだ、どこだ、ここか、あっちか、いや、確かこの辺りに埋めたはず。遠い昔の記憶を頼りに血走った目で山奥の地面を掘り返す、そんな未来の自分を一瞬想像してしまった。

青春が終わった日

髪を切って貰いながら、美容師さんとこんな会話をした。

「その頃、お店の共同経営者と揉めて裁判になっちゃって……」

「大人っぽいですね」

「え？　どうして？」

「いや、共同経営とか裁判とか、僕の人生には縁がなかったから」

「裁判なんて縁がないほうがいいですよ」

それはそうなんだけど、なんだか感心してしまったのだ。私よりずっと年下なのに人生の経験値が高いなあ、と。

その夜、ふと思いついて、今までの「蛸足ノート」のデータをワード検索してみた。

「経営」０件。「裁判」０件。百数十回に亘《わた》る連載の中に、それらの言葉は一度も出てこない。たぶん、千回まで続けても同じだろう。

そういえば、美容院で別のお客さんは云っていた。

「ローンの審査が通った時は嬉しくて……」

家を買った時の話だろう。こちらも念のために、検索してみる。「ローン」０件。「審査」０件。やっぱりなあ。

昔、友だちのＫくんに冗談めかして尋ねたことがあった。

「Ｋくんの青春はいつ終わったの？」

「19××年×月×日」

この答えには驚いた。あまりにも具体的ではないか。

「そんなにはっきりわかるものなの？」

「うん。場所も云えるよ。武道館」

なんとなくわかった気がした。たぶん、好きだったバンドのライブに行ったのだろう。もしかしたら、解散コンサートかもしれない。Ｋくんは、その日を自分の青春の終わりと定めたのだ。

「ほむらくんは？」

そう返されて、私は答えられなかった。絶句。大人になれなかったのは、そのせいかもしれない。

引っ越しました

たくさんのダンボール箱に囲まれて、この文章を書いている。昨日、引っ越したところだからである。子どもの頃から数えると、十数回めの転居になる。前回の引っ越しは9年前、でも、こんなに大変ではなかった気がする。だんだん大事《おおごと》になるのは、荷物が増えているからだ。

荷造りの準備のために整理をしていたら、同じ本が2冊3冊と出てきた。うっすらそんな気はしていたのだ。ぱらぱらと中を開くと、どの本も同じ頁の端が折られていて、うーん、と思う。同じ人が同じ本の同じところに感動している。私だ。

四十数年前、同級生のYくんとルームシェアをした時のことを思い出す。引っ越しは簡単で、何の準備も要らなかった。お互いの持ち物がゼロに近かったからである。家具や電話はもちろん、洗濯機もガス器具も暖房さえ持っていなかった。真冬の札幌で二人とも布団を体に巻きつけて暮らしていた。

Yくんが珈琲メーカーだけは持っていたので、二人で珈琲を飲みながら、ミステリー小説の話をして笑っていた。あれはなんだったんだろう。今から考えると、当時の自分は不死身に思える。

あの時から、私の持ち物は数百倍に増えただろう。家は賃貸だけど、家具、家電、洋服、本、著作、貯金だってあの頃よりはずっとある。でも、何故か、今のほうが弱い気がする。転居先のご近所に挨拶に行くのは何曜日の何時頃がいいか。コロナが猛威を振るっているのに非常識だと思われないか。そんなことばかり考えて、びくびくしている。

何にも持たず、布団を着ていた頃、私たちは無敵だった。でも、そんなことまったく思いもしなかった。Yくんも私もただ、へらへらと笑い合っていた。窓の外は雪。いくらなんでも、その恰好で寒くないのか、君たち。

21世紀のカシミヤ

先週の引っ越しの時、押し入れや引き出しの奥からいろいろな品物が出現した。すっかり忘れていたようなものもある。

例えば、アルバム。20年近く前のものだ。懐かしいなあ。荷造り作業の手を止めて、思わず見入ってしまう。当たり前だけど、自分の姿が若い。

だが、その中に、ぎょっとするような写真を見つけてしまった。昔の私がフリースを着て笑っているのだ。しかも、何枚も。自宅で撮ったスナップ写真なら問題ない。でも、違う。雑誌などで他の作家さんや女優さんと対談した時のものである。ぎゃー。

ぼんやりと思い出す。この頃、私は勘違いをしていたのだ。暖かくて軽い新素材であるフリースは、21世紀のカシミヤのようなものだ、と。

何故、そう思ったのか。それはチタンの例があったからだ。フリースよりも少し前から、高級な時計や眼鏡やカメラなどに使われ始めたチタンという素材には、その強さや軽さから、新時代の金属という印象があった。

また、耳朶《みみたぶ》などに開けたての穴にするファーストピアスは純度の高い金がいいと云われていたけれど、医療器具の素材としても使用されるチタンの安全性はそれ以上という噂も、さらにイメージを高めていた。

というわけで、当時の私は、腕には愛用のチタンの時計を塡《は》め、新品のフリースの服を着て、張り切って対談の場に臨んだのである。

チタンについてはあながち間違った認識ではなかったと思う。が、残念ながら、腕時計は袖に隠れて写真には写っていない。フリースだけが目立っている。

対談の相手やカメラマンや周囲の人々は、どう思っていたのだろう。確かに、フリースは暖かくて軽くて安くて最高。でも、雑誌の撮影の場に最適とは云えないよなあ。

お金の入った袋の話

子どもの頃、父親の給料袋を見た記憶がある。お札がたくさん入っていて驚いた。大人になったら、僕もあれを貰えるのかな。

でも、実際にはそういう機会はなかった。私が就職した時は、いや、学生時代のアルバイトでも、すでに給料は銀行振り込みになっていたからだ。渡されるのはぺらぺらの明細書だけ。会社を辞めて物書きになってからも、原稿料はもちろん振り込みである。

ただ、地方の講演に呼ばれた時などは、今でも出演料を現金で渡されることがある。お礼を云って受け取るのだが、不思議な緊張と気恥ずかしさがある。その場で袋の中身を改めなくては、とわかってはいる。でも、これが意外に難しい。頭を下げて、そのまま鞄にしまってしまう。

そのくせ、後から袋を開ける時、奇妙な不安を感じる。もし、空っぽだったらどうしよう。それはないか。でも、お札が1枚足りなかったら。「あの、1枚足りませんでした」とは云いにくい。何の証拠もないし、その場で確認を怠ったのは自分のほうなのだ。幸いなことに、今日まで一度もそういうことはなかったけれど。

会社の総務部にいた時、お葬式の受付も仕事のうちだった。最初に先輩に教えられたのは「必ず、その場で香典袋の中身を確認するように」である。「空っぽってことがあるんだよ」

それは本当だった。結婚式などと違って、葬式の多くは突然の出来事。そこに集まる人々にも、時間的心理的な余裕がない。そのために香典袋の中身を入れ忘れることが、結構あるのだ。

その場で指摘するのは、気まずくて難しそうに感じた。が、実際はそうでもなかった。そっと近づいて、「あの、すみません。中身が……」と囁《ささや》けば、相手は電気に撃たれたように「あ、すみません！」と云ってくれるのだった。

恥ずかしい名前

メールの最後に、いつも「穂村弘」と署名している。だが、相手が親しい友だちだったりして、ちょっとくだけた気分を出したい時は「ほむらひろし」と平仮名にすることもある。

そんな或る日のこと。送信したばかりのメールを何気なく読み返して驚いた。「ほむらひろし」と署名したはずが「ほむらほろし」になっているではないか。

慌てて、過去のメールを遡ってみる。「ほむらほろし」「ほむらほろし」「ほむらほろし」……、なんと、半年以上もずっと「ほむらほろし」で送り続けている。ショック。

たぶん、どこかの時点でキーボードの「ひ」と「ほ」を打ち間違えたのだろう。それが勝手に記憶されて、「ほ」と打ち込んだだけで「ほむらほろし」と先読み変換されていたのだ。

メールを送るたびに、私の目はそれを見ていた。網膜には「ほむらほろし」の文字が確かに映ったはずである。

でも、自分の名前は「ほむらひろし」だと思い込んでいるために、「違ってるぞ」というエラー信号が脳に届かなかったのだ。

「ほむらほろし」なんてふざけてるみたいで失礼だし、恥ずかしい。でも、それよりもショックだったのは、メールを受信したはずの人々が誰一人として、そのミスを教えてくれなかったことだ。気づかなかったのか。それとも、何かの冗談だと思ったのだろうか。

そう嘆いたら、友だちに諭された。

「他人から見れば『ほむらひろし』でも『ほむらほろし』でも『ひむらひろし』でも、そんなに変わらないよ。『ぽぽぽぽぴぴぴ』だったら、さすがになんか変だなと思うけど」

うーん、そうか。気にするのは自分だけか。確かに、人間ってそういうものかもしれない。ぽぽぽぽぴぴぴ。孤独だなあ。

「昔」の話

小学生くらいの子どもが「昔」という言葉を使うと、え？　と思う。君の「昔」って最大でも数年前だよね。

でも、まあ、本人の主観的には「昔」なんだろうな。そういえば、子どもの頃は時間の流れがゆっくりだった。だから、数年前のことが遠くに感じられるんだろう。

ただ、先日、ランドセルを背負った少年の口から「あいつ、昔の面影ゼロだよな」という言葉を聞いた時は、さすがに、びくっとした。共通の友だちの話だろう。しかし、小学生が小学生に向かって「昔の面影ゼロ」って……。

そんな私はもう60歳なので、「昔」という言葉を使う資格があると思う。なにしろ、半世紀前を記憶しているのだから。その当時はなんとも思っていなかったけど、今から振り返ると、「昔」だったなあ、と驚くことが色々ある。

例えば目薬。小学生の時、目医者さんに処方されたものは、茶色の硝子瓶に入っていた。一滴ずつスポイトで吸い上げて点《さ》すのである。「昔」だったなあ。硝子瓶のスポイト式目薬って、感覚的には昭和初期くらいのイメージだけど、実際に使っていたのだ。

或いは調味料。母はご近所とお醤油やお味噌の貸し借りをしていた。「昔」だったなあ。

コンビニなんて影も形もなかった。

今、マンションのお隣さんに調味料を借りに行ったら、びっくりされてしまうだろう。

不審者として通報されちゃうかもしれない。昔と今とでは、ご近所との距離感がまったく違うのだ。そういえば、おすそ分けも頻繁だった。

こんな短歌がある。


おすそ分けの器を返す時マッチ一箱を入れてた時代があった　稲熊明美

私は憶えてないけど、面白い風習だ。でも、今では「マッチ」自体がもう「昔」である。

最後に擦ったのはいつだろう。

ジョニ黒とネグリジェ

私が子どもの頃の日本には、外国への強い憧れがあった。舶来品イコール良いもの、というイメージである。昭和一桁の父の世代では、時計はオメガ、万年筆はパーカー、ウイスキーはジョニーウォーカーの黒ラベルが、三種の神器的に崇《あが》められていた。

父が知人から贈られたジョニ黒が、いつまでも戸棚の中に飾られていたのを覚えている。「お父さんが課長に昇進したら飲むのよ」と母が云っていた気がするけど、実際にはどうしただろう。もう思い出せない。

そんな母がそれまでの寝間着の代わりに、ふわふわのネグリジェというものを着て現れた時も驚いた。あれもまた外国への憧れだったのだろう。と云いつつ、西洋の女性が本当にあのようなものを着て寝ていたのかどうか、どうも疑わしい。インターネットで検索してみると、そこに現れた19世紀フランスのネグリジェと記憶の中の母のそれとはずいぶん違っているようだ。頭にカーラーというものを幾つも巻いた母のネグリジェ姿は迫力満点だった。

子どもの自分にとっては、オメガもパーカーもジョニ黒もネグリジェも関係がなかった。でも、例えば、スパゲティのナポリタンやピザトーストは好きで、よく食べていた。外国の食べ物だと思っていたけど、今思えばイタリアのナポリにあのナポリタンがあるとは思えず、ピザトーストもまたピザを手軽に食べるために考案された一種の代用品だったのだろう。

あれから半世紀近く経って、本格的なペペロンチーノでもカルボナーラでもなく、あのケチャップ味のナポリタンを食べたいと思うことがある。或いは、伝統のピザ・マルゲリータではなく、受験生の夜食のようなピザトーストを。それは食欲というより郷愁なのだろう。そうわかっていても、なかなか抗《あらが》いがたいものがある。とは云え、妻にネグリジェを着て欲しいとは、まったく思わないけれど。

読者との対話

自分の読者が好きだ。ものを書く人ならみんなそうでしょう、と思われるかもしれない。それはそうだけど、私の場合はちょっと事情がある。

例えば、著書が合計で100冊読まれた作家が3人いるとする。でも、読者の数まで同じというわけではない。

100人に1冊ずつ読まれた作家、50人に2冊ずつ読まれた作家、10人に10冊ずつ読まれた作家。自分の場合は、どうもこの3人目のパターンに近いような気がするのだ。

どうしてそんなことがわかるのか。トークイベントやサイン会などで、読者の人と話すたびに云われるからである。

「学校でほむらさんの話をしたくても相手がいないんです」

「周りに誰もほむらさんを知ってる人がいません。私、悔しくて」

「新刊待ってました。でも、友だちに熱く語っても、みんな誰それって」

うわ、ごめん、という気持ちになる。彼らは私の本を何冊も読んでくれているらしい。

そこで気づいたのだ。どうやら自分は少数の人に強く支えられているらしい、と。

ただ一人の読者に100冊の本を読まれた作家というものを想像する。もしも、その一人がいなかったら、作家と作品はどうなってしまうのだろう。

パラレルワールドの私は、読者がゼロのその作家かもしれない。そして、生まれて初めて自分の読者に出会った朝、驚いてショック死してしまうのだ。

パラレルワールドから現世に戻ったら、読者に珈琲フロートを配りたくなった。いつもありがとうございます。これ、最近、自分の中で流行っているんです。珈琲の苦さとアイスクリームの甘さが混ざって、めちゃくちゃおいしいんですよ。

「その日」の予感

歳を取ると、初めての体験というものが減ってゆく。最近何かあっただろうか。スーパーマーケットのセルフレジを試してみたくらいか。

本屋さんでは使ったことがあったから大丈夫と思ったんだけど、スーパーのレジは難しかった。本と違って、一つ一つの商品の形がばらばらだから、バーコードが見つからなかったり、読み取ってくれなかったりして、焦ってしまうのだ。なんとか支払いまで終えた時は、ほっとした。

初めての体験には2種類ある、と思う。一つは、セルフレジのように、自分から試せるもの。もう一つは自分の意思ではどうしようもないものだ。例えば、電車の中で席を譲られるとか。これは本人の気持ちとは無関係に発生する出来事だ。体験したくても駄目な時は駄目だし、その逆に、したくなくても避けられないこともある。

自分にも「その日」がだんだん近づいている気配を感じる。年上の友人たちから「今日、電車で席を譲られちゃった」という報告を受けることが増えてきたからだ。

心の準備をしていたのだが、なんと先日、同世代を飛び越して年下のYくんに「その日」が来たという。「え、Yくん、まだ50代なのに?」と驚いた。

「うん、中学生くらいの親切な女の子に。そこまで若いと、こちらの正確な年齢はわからないみたいだね」

「まあ、そりゃそうか。でも、じゃあ、席を譲るかどうか、どうやって判断してるんだろう」

「たぶん、ここ」

Yくんはそう云って、自分の頭をつるりと撫でた。

「え、そこ?」

「うん、髪の量と白さを見てる気がする」

なるほどなあ。確かに、おじさんかおじいさんか迷ったらそこか。このところ、私も急速に白くなってきたから、やはり「その日」は近そうだ。

世界が裏返る

仕事の打ち上げで編集者さんとお鮨を食べに行った。初めてのお店だったけど、おいしかった。一通り摘《つ》まんでから、最後に海苔《のり》巻が出てきた時、「ん？」と思った。何かが違う。だって、ごはんがいちばん外側になって、内側に海苔が……、思わず声を上げてしまった。

「反転してる！」

「え？　どういうこと？」

「ほら、この海苔巻、ごはんがいちばん外側になって……」

「ああ、裏巻ですね」

編集者さんは当然のように云った。反転した海苔巻には、ちゃんと名前があるらしい。私がたまたま知らなかっただけで、超自然的な現象ではなかったのだ。そうか、「裏巻」覚えたぞ。でも、びっくりしたなあ。一瞬、世界が裏返ったのかと思ったよ。

そういえば、と数年前のことを思い出した。インターネットを眺めていたら、シャツの上にブラジャーをつけるのが流行中というニュースを発見したのだ。

反転した海苔巻が「裏巻」なら、そちらは裏ブラだろうか、いや、むしろ表ブラか。その実例として美しいモデルさんたちの写真が幾つも載っていた。

でも、やっぱり奇妙に見える。いや、私のファッションセンスがゼロだからそう思えるのかも、と無理矢理自分を納得させた。あの時も驚いたものだ。まあ、衝撃の反転ブラは一時的な流行に終わったみたいだけど。

お鮨屋さんから帰ってから、周囲の人に尋ねてみたところ、かなりの確率で「裏巻」を知っていた。ブラのケースとは違って、どうやらこちらは定着しているようだ。

次はなんだろう、と思う。何が反転しても、もうびっくりしないつもりだ。でも、ブラジャーが衣、海苔巻が食、ということは残るは住か。家が裏返ったらさすがに驚くかもなあ。

校長先生を追い越した日

先日、或る高校に呼ばれて講演をした。入り口でスリッパに履き替えると、懐かしい気持ちになる。自分が高校生だったのは遠い昔なのに、学校という場所の空気感には不思議とあまり変化がないようだ。担当の先生に案内されて、ぺたぺたと廊下を歩く。行き先は校長室。そこで校長先生と名刺交換をした。

「初めまして」

「よろしくお願いします」

問題はその後だ。雑談の中で、校長先生が「実は私は穂村さんと同じ大学の一つ後輩です」とおっしゃるではないか。「あ、そうなんですね。学食のカツカレーおいしかったですよね」とにこやかに応えつつ、内心ちょっとショックを受ける。とうとうそんな日が来たんだなあ。

最初に、あれっと思ったのは高校時代、年下のアイドルがデビューした時だった。テレビの中の人は全員年上だと思っていたけど、この子はそうじゃないんだ。僕より若いのに、こんなに頑張ってて尊敬する。

その次に、おやっと思ったのは大学に入った年の夏。甲子園で活躍する選手たちが、当然ながら全員年下と気がついた。逞しいお兄さんたち、と今までは思ってきたけれど。

それから後は、もう速かった。自分の年齢がさまざまな立場の人を次々に追い越していったのだ。そして今日、とうとう校長先生まで辿り着いてしまった。この立派そうな先生が後輩ということは、学校の中に私よりお兄さんというかおじさんというかおじいさんはもう存在しないのだ。

今の私より年上の世界には、どんなジャンルの誰が残っているんだろう。現役のスポーツ界にはゼロだろうなあ。そういえば数年前、こんな短歌もあった。

穂村弘よりも年下　枝野幸男立憲民主党代表は　松木秀

妻のヒートテック

ラインというアプリが便利らしい。妻も友人たちもみんな使っているようだ。でも、私はやったことがない。だから、既読スルーとかスタンプとか云われても、よくわからない。なんとなくぼんやり想像するだけだ。

仲間に入れなくてさみしいけど、スマートフォンをまったく使いこなせないメカ音痴だから仕方ない、と思って諦めている。

先日、散歩をしていた時のこと。妻が震えながら云った。

「うう、寒いなあ」

「あれ？　ヒートテック着てなかったっけ？」

「うん。でも、ただのTシャツだよ」

「？」

なんだか、話が噛み合わない。不思議に思って、さらに尋ねてみた。

「え、ヒートテック着てたよね？」

「うん。でも、もう何年も着てるやつだから、ただのTシャツだと思うよ」

「？」

わかりそうで、やっぱりわからない。

「ただのTシャツってどういうこと？」

「ん、だからね。買った時はヒートテックだったんだけど、ヒートテックの素《もと》みたいなのがすっかり落ちちゃって、今はもうただのTシャツなの」

「!?」

びっくりした。ヒートテックって、そういうものだっけ？

「ヒートテックの素」ってなんだろう。「味の素」的な何かかなあ。そう思って可笑しくなった。

ラインを使っていない自分がラインのことを知らないのは仕方がない。でも、何年もヒートテックを着ていても、そういう感じなんだなあ。

「ヒートテックの素」を見つけたら購入したいと思う。妻のTシャツに振りかけて、元気なヒートテックに戻してあげるのだ。

これから始まる喜び

旅行に行った。仕事の出張ばかり続いていたから純粋な旅は久しぶりだ。ホテルにチェックインして部屋に荷物を置くと、ほっとする。

それから、小さなリュックを背負って初めての街に出た。辺りの風景がきらきらしている。旅行でいちばん楽しいのはこの瞬間だなあ、と思う。旅が始まった、という感覚に包まれるからだろう。

メインイベント的な名所の絶景などよりも、初日の平凡な町並みのほうが輝いて見えるのだ。まだ何も始まっていないのに。いや、だからこその、すべてがこれから始まる喜びだ。

これは旅行に限らない。他にも、例えばコース料理を食べる時。私が一番おいしいと思うのは、メインのステーキなどではなく、いつも前菜だ。たぶん純粋な味覚の問題ではなく、これから特別な体験が始まる、というわくわく感が加味されるからなのだろう。

このような感覚は私だけのものではない、と思う。かつて、「花金」という言葉が流行ったことがあった。「花の金曜日」の略で、明日を思い煩うことなく心ゆくまで夜更かしが楽しめる夜、というほどの意味だろう。休日本番の土日よりも、週末の始まりである金曜日に「花」を感じているわけだ。

リュックを背負って初めての街のメインストリートを歩いていたら、修学旅行生らしき女子のグループに出会った。お揃いのTシャツを着て嬉しそうに歩いている。ぴょんぴょんとはしゃぎ過ぎて、道端の電柱や看板にぶつかっている。そのたびに弾けるような笑い声が上がる。

凄いなあ、と思う。楽しすぎてぶつかっても痛みを感じないのだ。私なりに最高にテンションが上がっているつもりだったけど、あれには負ける。でも、仕方がない。旅先の喜びに加えて、彼女たちは人生そのものが、これから始まるのだから。

ものの値段の謎

ずっと日本に暮らしているので、いわゆる物価というか一般的なものの値段には慣れている。でも、若い頃は「あれ？」と思うことがあった。ＳＦ漫画のこんなワンシーンに共感したことを憶えている。


「いらっしゃい。お一人さまで」

「安い部屋を」

「承知いたしました。晩と朝の二食つきで三リルと八百では？　格安のお部屋で」

三リルと八百リン…!?

しかしこの値段はさほど法外なものではなくて、もっといいかげんな宿でも食事がつくとこれ位はする。百リンもあれば屋台でうまいまんじゅうやソーセージが食えるのに。ただベッドがついただけでなぜ何十倍にもなるんだ？

通貨で計るモノの値というやつは理くつを超えている。

『やどり木』（佐藤史生）より

この感覚はよくわかる。私も食べ物などの値段に較べてホテルの宿泊費ってずいぶん高いなあ、と思っていたからだ。さすがにもう慣れたけど、今もその値付けの仕組みはよくわからない。たぶん快適性や清潔感の実現にコストがかかるのだろう。

逆に、安すぎると驚いたものもある。例えば、数年前に雑貨屋さんで買った三葉虫の化石。「4億年前」という説明が記されていて、値札を見ると二千数百円だった。

それまで化石に興味をもったことがなかったから、値段の相場は見当がつかない。でも、4億年も地層に眠っていて、もう地球上に存在しない生き物の化石がこの値段って安くないかなあ。

今、目の前にその化石がある。衣食住の役に立つというものではまったくない。でも、小さな化石には時間の塊めいた不思議な存在感がある。限りなく永遠に近いものとして、私が地上から消えた後も存在し続けるのだろう。

消えた包丁

去年の夏に引っ越しをした。子どもの頃、父の転勤が多かったこともあって、通算でたぶん十数回目。でも、なかなか慣れるということがない。

理由の一つは本の多さだ。家の中に本があるのか、本の中に家があるのか、わからないほどの混沌《こんとん》によって、すべての引っ越し作業が困難になってしまうのだ。

こんな短歌がある。

本をあんなに持っているのにまた本を買うのかとなじられる毎日　　古賀たかえ

散歩の途中で、サボテンがずらっと並んでいる家とか、鳩《はと》を大量に飼っている家を見かけたことがある。どうしてこんなにたくさん、と不思議に思ったけど、興味がない人にとっては本も同じことらしい。

引っ越しは、終わった後も大変だ。大量の段ボールの山のどこに何が入っているのか、一応記入してあるのだが正確にはわからない。片っ端から開けてみても、必要なものから出てくるとは限らないのだ。

今回、見つからなくて焦ったのは包丁だ。すぐに使うものだから困るのだ。そのうちに出てくるだろう、と思っていたけど、半年以上経った今もまだ発見されていない。そんなことって、あるのだろうか。

どうしてこの話を書いたかというと、昨夜自分が仕事先に送ったメールを、さっき読み返して驚いたからだ。

「よろしくお願い申し上げます。包丁」

何これ!?　と思ったけど、どうやらメールの最後に「穂村弘」と打とうとして、「ほ」の予測変換で「包丁」になってしまったらしい。一瞬、消えた包丁がこんなところに現れた、という奇妙な感覚に囚《とら》われた。メールの相手はぎょっとしたことだろう。

妻の口癖

自分の口癖ってなんだろう。ふと思って、考えてみたけどわからない。きっと何かあると思うけど。自分では気づかないから、口癖なのかもしれない。

妻の口癖はわかる。その1は「おいしいのかな」である。街を歩いていて食べ物屋さんの看板を見た時などに発される。ただし、焼き肉やラーメンやお鮨などは対象外である。タレかつ丼とか太平燕《タイピーエン》とか台湾胡椒餅とか、あまり馴染みのないものに出会った時、反射的にその口から飛び出してくるのだ。

その2は「きっとおいしいんだ」だ。こちらは行列ができているようなお店の前を通った時に発動する。「おいしいのかな」に較べて声量が大きいのが特徴だ。

「じゃあ、入ってみようか」と私が提案して、その店に入ることもある。だが、それで一段落とはならない。私たちがメニューを見て、汁なし担々麺とピータン豆腐と餃子《ギョーザ》と青菜炒めを頼むとする。ところが、それらを待っている間に、何故か或る現象が発生しがちなのだ。

見よ、あっちのテーブルにもこっちのテーブルにも、次々にチャーハンが運ばれてくるではないか。気づけば店内のほぼ全員がチャーハンを食べている。私は、はっとする。妻の目が光る。来るぞ、と思う。

「わかった。この店はチャーハンが、きっとおいしいんだ」

口癖その2の復活だ。しかも、さっきより声に力がある。隣の席でチャーハンを食べていた会社員風の男性が、びくっとするのがわかる。

「あ、じゃあ、チャーハンも食べてみようか」と慌てて云ってみる。

「大丈夫」と妻は答える。

でも、その目は周囲のチャーハンたちにじっと注がれていて、全然、大丈夫そうではないのだ。

びっくりクイズ

　子どもの話を聞くのが好きだ。彼らは大人にはとても考えつかないようなことを口にする。

　でも、残念ながら触れ合う機会があまりない。自分には子どもがいないし、友だちの子どもと話すようなことも滅多にないからだ。そんな私の楽しみは、電車やバスの中で、子どもたちのやり取りに聞き耳を立てることだ。

　先日は、バスの中で小学校1年生くらいの子どもが友だちにこんなことを云っていた。

「日本で5番目に多い名字はなーんだ?」

　いきなりクイズ。しかもマニアック。いかにも子どもって感じだ。一緒に考えてみたけど正解はわからない。

「えー、わかんない」

「5番目だよ?」

「ヒント、ヒント」

「1文字目は『い』です」

「インド!」

びっくりする。それはぜんぜん名字じゃないだろう。質問の意図が伝わっていなかったのだ。でも、出題者は平然としている。

「ブー! はずれ! 2文字目は『と』です」

あれ? 伝わってないことが伝わってない。駄目だよ。まず質問からやり直さないと。

「いとう!」

わかってるじゃないか! じゃあ、インドはなんだったんだ。子どもって謎だ。

「当たり!」

「やったー。『いとう』なんだ」

「うん、『いとう』だよ」

「会ったことないや」

嘘、とまたびっくり。「いとう」さんに会ったことないんだ。でもまあ、そういうこともあるのかなあ。この子は生まれてまだ数年だろうから。

と書きながら、念のためにスマートフォンで「日本の名字ランキング」を検索してみた。

佐藤、鈴木、高橋、田中、伊藤、ほんとだ!

変なおじさんと呼ばれて

健康診断の結果が悪かった。γ《ガンマ》GTPとか中性脂肪とかいろいろ数値が高すぎる。「1日に4回、本気のラジオ体操をしてください」

お医者さんにそう云われてショックを受けた。「本気のラジオ体操」って言葉、初めて聞いた。しかも「1日に4回」。それはちょっと。

代わりにジョギングとか水泳はどうだろう。でも、実際にやるところを想像したら、それもちょっと、となってしまった。昔から運動が苦手なのだ。迷った挙げ句に消去法で残ったのが、いちばん手軽そうな縄跳びだった。

ただ、問題が一つ。アスファルトの上で跳んだら膝を壊しそう。だから、地面が土の公園でやりたい。ところが、昼間の公園は小さな子どもとお母さんのテリトリーなのだ。不審者と思われないように妻に同行してもらうことにした。公園の隅っこで、こそこそと跳び始める。これなら大丈夫だろう。

が、私は子どもの好奇心を甘く見ていた。目をきらきらさせながら、男の子が寄ってきた。

「変なおじさんが縄跳びしてる！」

ぎくっとする。大人なら思っても口には出さないだろう。でも、子どもは素直だ。

「変なおじさんがぴょんぴょんぴょんぴょんぴょん……」

実況しなくていいんだよ、と心の中で叫ぶ。ここで「おはいんなさい」と縄跳びに誘えるような自分ではないし、現代ではそれも不審者ムーブだろう。無言で跳び続ける私の代わりに、「応援してあげてね」と妻が声をかけたけど、彼にその気はなさそうだ。

それでも頑張ってぴょんぴょんしていたら、息が切れ、目が霞《かす》み、とうとう地面に倒れてしまった。でも、男の子は蝶《ちょう》を見ている。縄跳びには飽きてしまったらしい。はあはあはあはあはあはあはあ。変なおじさんは口の中が血の味だ。

虹の家

「レーズンパンって、おいしいなあ。誰が考えたんだろう」

朝御飯を食べながら、ふと思ったことが口から漏れた。

「誰かはわからないけど」と妻が云った。

「零しちゃったんだろうね、やっぱり最初は」

えっ、と思った。零しちゃったの？　偶然パンの中にレーズンを？　それって、やっぱりというほどやっぱりだろうか。

でも、妻はもちろんそうでしょという顔だ。それを見ると、自信がなくなってくる。やっぱり最初は誰かが零しちゃったのかなあ。

10年ほど前の出来事を思い出した。その頃、私たちは買えるものなら家を買いたいと思って探していた。

不動産屋さんの案内で幾つか物件を見て回っていたのだが、或る家の前に立った時、不意に妻が云ったのだ。

「ここにしようよ」

私は驚いた。だって、まだ中を見てもいないのに、どうして？

妻は空を指さした。

「ほら、虹！」

え！　ほんとだ。そこには美しい虹がくっきりと。って、待って、つまり、ちょうど虹が出たから、この家ってこと？

あまりの意外さに私の心は揺れた。でも、もしかしたら運命って、そういうものなのかも。

が、その時、不動産屋さんの嬉しそうな顔を見て、我に返った。

「いや、もうちょっと考えようよ」

妻はきょとんとしている。どうして？　だって虹だよ、という顔だ。いやいやいやいや……。

けれど、その後、私たちは結局これという家を見つけることができなかった。だから、10年後の今も賃貸に住んでいる。ということは、やっぱり、あの虹の家が運命の我が家だったのかなあ。

名前をつける話

穂村弘という名前はペンネームである。本名は名字も名前も違っている。ちなみに名前のほうは一朗だ。長男だから一朗なのだろう。

子どもの頃は自分の名前が平凡に思えて、あまり好きではなかった。隼人（「仮面ライダー」の一文字隼人より）とか、ロビン（「レインボー戦隊ロビン」より）とか、もっと恰好いい名前がよかった。

そう思いつつ、両親に尋ねたことがある。

私「僕、一朗じゃなかったら、どうなってたの？」

父「どういう意味？」

私「他の候補は？」

父「ないよ」

きっぱり云われて驚いた。一朗一択だったのか。そんなことってある？　でも、それ以上、何か云える雰囲気ではなかった。その時、母が嬉しそうに教えてくれた。

母「女の子だったらね、りか」

りか、りか、どういう字かは訊きそびれてしまった。りかの自分は想像できなかった。

先日、妻にも尋ねてみた。実際につけられた名前以外にどんな候補があったのか。

妻「えーとね、もも、か、さやか、だって」

ももとさやかではずいぶん違う。しかも、どちらも実際の名前ともかけ離れている。当然ながら、ももは一生ももと呼ばれるし、さやかは一生さやかである。それによって運命までが異なってくるんじゃないか。名前とは怖ろしいものだ。

何故そんなことを思い出したのかというと、今度、猫を飼うことになって、その名前をどうしようか、悩んでいたからだ。

ちなみに、私が考えた名前は「くま」。「くま」みたいだから「くま」ちゃん。可愛いと思ったけど、妻に却下されてしまった。結局、彼女の発案による「ひるね」になった。たくさん眠って大きくなりそうだ。

つるつるのワンピース

妻が見慣れないワンピースを着ていた。

「あれ、その服、見たことないね。どうしたの?」

「買ったの。つるつるしてるから」

「?」と思った。可愛かったとかバーゲンで安かったとかではなくて、つるつるしてるから?

なんだか不思議な理由である。手触りがいいってことだろうか。思わず聞き返してしまった。

「つるつる?」

「うん。ほら、猫の毛がつきにくいでしょう?」

なるほど、と思う。そういうことか。先週、我が家に仔猫が来たのである。だから今、妻も私も猫のことで頭がいっぱいなのだ。

でも、だからと云って対応まで同じになるわけではない。つるつるのワンピースとは意外だった。

「僕は服に猫の毛がついてるのに憧れてたんだよね」

「そうなんだ！」

「電車とかバスとかで猫の毛をつけた人を見かけると、いいなあって」

「ちょっとわかるよ。でも、仔猫の毛はふわふわだから、このワンピースでも、けっこうつくと思う。普通の黒い服とかだったら、たぶん毛の人になるよ」

そうか、私の服は黒ばかりだ。あまりにも目立つようなら改めて考えよう。

それにしても、洋服に猫の毛がつくのが楽しみでわくわくするなんて、友だちに云ったら笑われそうだ。彼等はみんな昔から猫を飼っている。２匹とか3匹とかの複数飼いも珍しくない。

どうやら私の人生双六の駒は進み方が遅いみたいだ。40代で初めての海外旅行。60代で初めての猫。

そういえば、こんな短歌を見たことがある。


こんなところまでついて来てくれてありがとう52階で払う猫の毛　　まるやま

仔猫がやってきた

仔猫の「ひるね」が家にやってきた。私も妻も猫を飼うのは初めてで、わからないことだらけ。そこで猫飼いの先輩である友人たちに、いろいろなことを相談している。

「ねこじゃらしのおもちゃを買ってきたんだけど、食いつきが悪いというか、あんまり熱心に遊んでくれないんだ。僕の動かし方が下手なのかなあ。どんなふうにしたらいい？」

「もしかしたら、それは動かし方のせいだけじゃないかもしれないよ」

「え、そうなの？」

「うん、うちの猫はおもちゃのねこじゃらしより、本物の、つまり天然のねこじゃらしが好きみたいだよ」

「そうなんだ！」

いいことを聞いた。早速、家の外に出た。ねこじゃらしを探すためである。

ところが、なんと、探すまでもなく目の前の道端にたくさん生えているではないか。こんなところに宝物が……、採り放題だ。

ねこじゃらしなんて、今まではまったく意識したことがなかったから、存在に気づかなかったのである。猫のおかげで、世界の見え方が変わったみたいだ。

採りたてのねこじゃらしに「ひるね」は大興奮で飛びついた。夢中で遊んでいる。嬉しいなあ。この反応の違いはなんだろう。本物の力を感じた。

そんな或る日のこと。なんだか声が聞こえると思って、リビングの扉を開けた。すると、妻が絵本を開いて音読している。珍しいことだ。

不思議に思って近づくと、その横にちょこんと「ひるね」が座っていた。妻は仔猫に向かって宮澤賢治の童話を読み聞かせているのだった。

「わかるのかな」と思わず呟くと「ひるねは賢治が好きみたいだよ。うっとりしてるもん」との答え。そうなのかなあ。なんだか絵本を齧ってるけど。

あとがき

本書は読売新聞の夕刊で現在も連載中の「蛸足ノート」をまとめたものです。

タイトルは蛸の足のようにあちこちに言葉が伸びてゆくイメージでした。

この中で猫が飼いたいという話を何度か書いていて、偶然ですが、初めての仔猫が家に来るところまでが一冊になっています。

名前は妻が「ひるね」とつけました。

初めて会った時に昼寝をしていたから、という理由らしいのですが、仔猫はだいたいそうじゃないかなあ。

「ひるね」が蛸を見る日は来るでしょうか。

編集を担当してくれた石川由美子さん、ブックデザインをお願いした大倉真一郎さん、ありがとうございました。

穂村　弘

二〇二三年九月二〇日

初出：読売新聞（夕刊）二〇一七年四月〜二〇二三年九月一九日

装幀　大倉真一郎
装画は歌川国芳「流行蛸のあそび」よりコラージュ

穂村弘

1962年北海道生まれ。歌人。1990年に歌集『シンジケート』でデビュー。短歌をはじめとして、評論、エッセイ、絵本、翻訳など広い分野で活躍。著書に『手紙魔まみ、夏の引越し（ウサギ連れ）』『ラインマーカーズ』『世界音痴』『本当はちがうんだ日記』『絶叫委員会』『にょっ記』『彗星交叉点』『短歌のガチャポン』他。『短歌の友人』で伊藤整文学賞、『鳥肌が』で講談社エッセイ賞、『水中翼船炎上中』で若山牧水賞を受賞。

蛸足《たこあし》ノート

2023年11月25日　初版発行
2024年 4 月10日　3 版発行

著　者　穂《ほ》 村《むら》　弘《ひろし》

発行者　安 部 順 一

発行所　中央公論新社
〒100-8152　東京都千代田区大手町1-7-1
電話　販売 03-5299-1730　編集 03-5299-1740
URL https://www.chuko.co.jp/

ＤＴＰ　嵐下英治
印　刷　図書印刷
製　本　大口製本印刷

Published by CHUOKORON-SHINSHA, INC.
Printed in Japan　ISBN978-4-12-005714-4 C0095

考えるマナー

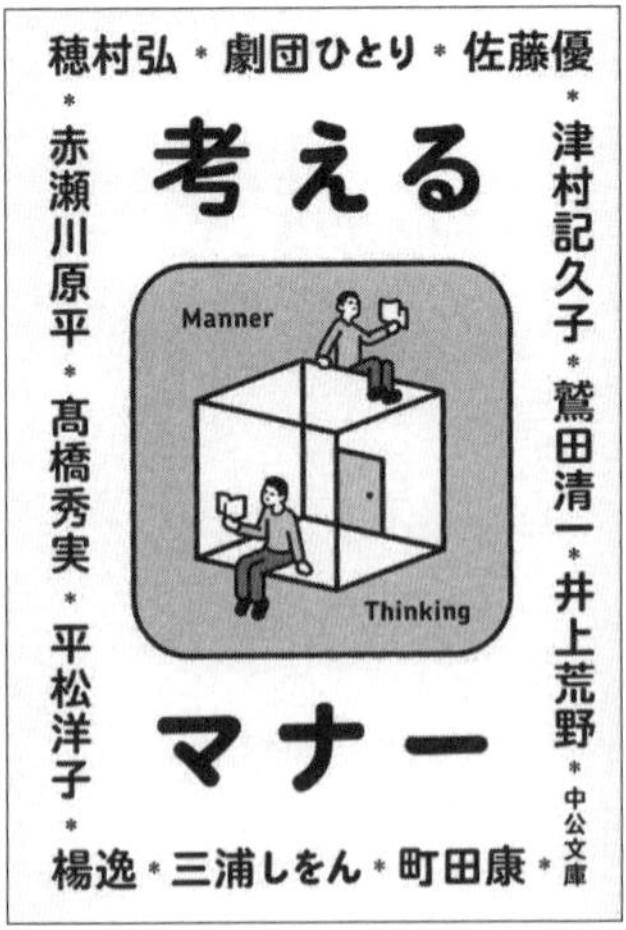

悪口の言い方から粋な五本指ソックスの履き方まで、大人を悩ますマナーの難題に作家十二人が応える秀逸な名回答集。この一冊が日々のピンチを救う。

穂村弘／劇団ひとり／佐藤優／津村記久子／鷲田清一／井上荒野／町田康／三浦しをん／楊逸／平松洋子／髙橋秀実／赤瀬川原平 著／中央公論新社 編

中公文庫／660円（10％税込）